JN099270

こわれもの

浦賀和宏

徳間書店

目次

目覚めの朝は、いつも真夏の海岸のように明るい。ここ最近は特にそうだ。砂浜は、ベッドの上の白いシーツ。寄せては返す波音は、目覚めて最初に感じる秒針の音。そして窓から差し込む、同じ太陽の、同じ陽差《ひざ》し。

隣で眠る陣内《じんない》を起こさないようにそっとベッドから出る。チッチッチッチッ、と波音を刻む時計を見上げる。まだ始業時間までには時間があった。朝食をこしらえてから出かけても、十分間に合うはずだ。

階下に降り、すぐに出て行けるように身支度を済ませる。ペイルブルーのジャケットに白のミニタイト。里美《さとみ》はエプロンをして、調理を始める。卵を二つ落とした目玉焼きに添えられた、カリカリに焼いたベーコン。うっすらと焦げ目のついたトースト。とりよせた無農薬のレタスとブロッコリー、トマトをふんだんに使ったサラダに、ゴマ風味のドレッシング。

いつもは気怠《けだる》い筈《はず》の月曜日も、里美の心は晴れやかだった。陣内と出会ってからはずっとそうだ。そして今、それが最高潮に達している。今までの自分の人生——幸せいっぱいとはとても言えなかった。辛《つら》いことも沢山あった。死んでしまおうかと思うことだって。でも生きていて良かったと、今は心から思う。

里美は土曜日から、婚約者の陣内龍二《りゅうじ》の新居に泊まりに来ていた。自分達の新居でもあった。来週には今住んでいるマンションから、ここに引っ越す予定だった。

まだお互い二十代の半ばなのに、自分達の家を持てるなんて。里美は幸せに目がくらみそうになる。そしてふと恐ろしい気持ちに襲われる。こんな幸せが、いつまでも続くはずがない。婚約者は自由業だ。己の才能だけが武器。浮き沈みの激しい業界だけに、落ち目になる時は一気だろう。

里美は苦笑し、そんな想《おも》いを振り切った。

こんなことを考えるのは止《や》めよう。幸せ過ぎてはいけないという法なんて、どこにもないのだ。

陣内はなかなか降りてこない。だからといって無理矢理叩《たた》き起こすのも気が進まない。いつも仕事で疲れているのだから、好きなだけ眠らせてあげたい。

里美は手早く作った朝食を、二人分の食器に盛りつける。でも一緒に食事をとる時間はなさそうだ。

フォークでサラダをつつき、口に運ぶ。これからの生活のことを思い、自然と笑みが零《こぼ》れる。一人きりの朝食でも、決して寂しくはない。明日になれば彼にはまた会える。明日だけじゃない。明後日《あさって》も明々後日《しあさって》も。その次の日も。次の日も。どちらかが死ぬまで一緒にいることだって、決して夢物語ではないのだ。

食事を済ませ、自分の分の食器を片づけている時、未来の夫がキッチンに現れた。

「おはよう」

里美は彼に微笑《ほほえ》みかけた。

陣内も、少し寝癖のついた頭で、はにかむように微笑み、おはよう、と言った。普段は、人気漫画家として通っている彼でも、自分の前ではすべてをさらけ出してくれる。だらしのない表情も。緊張感が緩《ゆる》んだ足取りも。そんな些細《ささい》な一つ一つが、かけがえのないことのように思える。

「美味《うま》そうだなぁ」

とあくび混じりに陣内はテーブルを見回す。

「だけど、一人分しかないぜ」

「時計見てよ。私、このまま会社行くからね。そろそろ出ないと間にあわないよ」

「腹減ったまま車運転すると、集中力が失《う》せて事故るかもしれないぞ」

「大丈夫、さっきちゃんと食べたもんね」

そう言って里美は、いたずらっ子のように笑った。

陣内龍二——デビューして数年で、こんな家を建て、婚約者の誕生日に車をプレゼントするような男なのだ。成功している部類に入ると言えるだろう。

「じゃあ、私、行くね」

「あ、ちょっと待って」

横を通り過ぎようとした里美を、陣内は呼び止める。

「なあに？　あ——」

避ける暇もなかった。里美の唇が、陣内のそれによって塞《ふさ》がれる。里美はゆっくりと目を閉じた。何百回となく繰り返された行為。でも何回目でも、初めてと同じように、新鮮だった。今も例外ではない。

数秒間の口づけの後、陣内は唇を離した。そして微《かす》かに微笑んで、言った。

「行ってらっしゃい」

里美も陣内の耳元で囁《ささや》いた。

「――行ってきます」

そして彼に背を向け、玄関に向かった。今年の誕生祝いのフェラガモのパンプス。かがみこみ、ストラップをとめている最中にも、先程のキスの余韻がぼんやりと残っていた。早く冷まさないと、陣内の言う通り、本当に事故を起こしてしまいそうだ、と思った。

その時、背後から彼の声がした。

「里美、忘れ物だよ」

「え、なに？」

なんだろう、キスはさっきしたはずだ――。そんなことを考えながら里美は振り返った。

＊

ぼくは『インターナル』を毎週欠かさず買ってます。陣内龍二先生の『スニヴィライゼイション』を読むためです。個性豊かな魅力的なキャラクターに、先を予想できない息もつかせぬ展開が大好きです。でも、今週号のストーリーだけは、どうしても納得できません。どうしてハルシオンを殺してしまったんですか？　一歩譲って殺すのはまだ許せるとしても、どうしてヒロインの死にふさわしく、もっと劇的な最期《さいご》にしてくれなかったのですか？　間違いなく全国のファンはがっかりしていることと思います。そして陣内先生、あなたに失望しているでしょう。

神奈川県　十四歳　男　中学生　伊藤浩

原稿ができあがるまで編集部は内容に一切口出しできないんですか？　きっとそうでしょうね。陣内さんみたいな売れっ子漫画家のやることは絶対ですよね。僕の持ち込んだ原稿を「漫画の描き方が分かってない」と一蹴《いっしゅう》した編集部の人だって、確定申告の長者番付に名前が載るような作家には刃向かえませんよね。陣内さん、作品はあなたのものです。あなたが描きたいものを描けばいい。でも忘れないでください。あなたがそんなふうに好き勝手にファンの心を踏みにじることができるのも、僕らファンが陣内龍二を支えたからなのです。ファンはみんな、同じ意見だと思います。

愛知県　二十歳　男　大学生　近藤常久

雑誌に手紙を投稿したことなんて今までありませんでしたが、でも今回ばかりは特別です。私は貴誌に抗議します。陣内龍二の『スニヴィライゼイション』、今週号の百四十二話、あれを掲載するのは本当に良かったのですか？　それで読者に誠実な態度がとれるのですか？　私には作者が困ったから、安易にハルシオンを殺したとしか思えません。二号続けて休載して、構想を練るという手段もあったはずなのに、なんでこんな安易な展開になるんですか？

北海道　二十八歳　男　会社員　岡城仁史

書く前はなにを書こうかいろいろ考えたんですけど、いざ書こうとするとなにを書いていいのかわからなくなります。それだけ僕の怒りは深いのです。僕が言いたいのは、陣内龍二『スニヴィライゼイション』第百四十二話は、独りよがりと、手を抜いて原稿を仕上げようという姑息《こそく》さが先行して、作品としてすばらしいものにはとても思えないということです。

東京都　二十三歳　男　会社員　中居徳郎

『スニヴィライゼイション』が読みたいがために『インターナル』を毎週買っていました。単行本も今まで出ているのは全部買いました。でもそれも今週話で最後です。ハルシオンを描かない陣内龍二など、少しの価値もありません。

千葉県　二十歳　男　大学生　菊池和義

読者を舐《な》めるな。前号では原稿を落とし、今週号では読者に一番人気があるキャラクターを、あんなつまらん方法で殺しやがって。

京都府　十九歳　男　フリーター　松本洋嗣

今週号の『スニヴィライゼイション』はさいてーでした。

千葉県　十四歳　男　中学生　鈴木冬樹

もう陣内龍二のファンは止めようと思います。
東京都　二十五歳　男　公務員　安藤光

陣内、死ね。

匿名

「もう、いい――」

陣内龍二はつぶやき、力なく両腕を下に降ろした。両手からこぼれ落ちたハガキや便箋《びんせん》の束がテーブルの上に散乱した。数枚は宙を舞い、床に落ちた。立花和也《たちばなかずや》は表情を変えずに、腰を屈《かが》め、それらを一枚ずつ拾い集める。

時刻は深夜二時を回ったばかりだ。場所は高輪《たかなわ》にある、陣内の仕事場近くのファミリーレストラン。店内には空席が目立つ。二人は店の一番奥の席にいた。

コーヒー一杯で何時間も粘っていた陣内に、ウェイトレス達がしばしば迷惑そうな視線を投げかけている。だが、今の陣内にはそんなことに気を回す余裕などなかった。考えなければならない問題は山積し、なにから手を着けていいのか見当もつかない。

気持ちの整理が出来ず、時間だけが刻一刻と過ぎて行く。

はかどらない仕事と、過去のあの忌まわしい出来事に心が押し潰《つぶ》されそうになり、このファミレスに逃げてきたのだった。

——今日もそうだった。

「ここに俺がいること、良く分かったね」

と陣内は言った。立花は、アシスタントの細野《ほその》さんに教えてもらいましたから、と素《そ》っ気《け》なく答える。それから愚痴っぽく語り始めた。

「編集部はパニックです。陣内さん宛《あ》ての手紙が毎日何百通も届くんです。今日持って来たのはほんの一部です。とても運びきれないから、後日、ご自宅の方へ郵送します。それとも仕事場の方がよろしいですか？」

自宅に送りつけられるファンレターの山。いや、ファンレターとは名ばかりの、自分に対する罵詈雑言《ばりぞうごん》——。想像しただけでもぞっとする光景だった。

「そんなこと、しなくていい。そんなもの、見たくもない。捨ててくれ」

「いいえ。一度目を通して、陣内さんのご判断で処分してください。手紙の中に、万が一重要なものがあったりしたら、僕、責任とれませんから」

陣内はうつむき、憂鬱《ゆううつ》な思いでため息をついた。

「これが、読者の、意見です」

　立花は拾い集めたファンレターを差し出す。立花が言いたいことがなんなのか、考えた。抗議、批判、果ては脅迫まがいのものまで――ファンレターの内容は多岐にわたっていたが、概してその趣旨は同じだった。

「つまり、ハルシオンを殺さない方が良かったと？」

「そんなことは言ってません。陣内さんがハルシオンに代わる新しいキャラクターを作ることができるのなら、浮気な読者は彼女のことなんて忘れるでしょうね」

　新しいキャラクター、そんなものが簡単に出てくるようなら苦労はしない。連載第一回から登場する準主役級のヒロインにとって代わるキャラクターなど、一朝一夕《いっちょういっせき》に作り出せる筈がない。

「別にキャラクターでなくても構いません。ハルシオンが死んだことが、今後の『スニヴィライゼイション』の物語に劇的な変化をもたらすことは、まず間違いないでしょう。読者の誰もが思いつかないような展開、お願いしますよ」

　読者も、編集者も、まったくわがままだ。こちらの能力の限界を、一回りも二回りも越える要求を平気で突き付けてくる。

　陣内は、当て付けに大きなため息を吐《つ》いた。

「簡単に言うなよ。最近の読者は目が肥えている。子供の頃から、山のようなマンガや映画や小説に接して育っているんだ。新しい物語なんてない。あるのはそのバリエーションだけだ。読者の誰もが思い浮かばないようなストーリー展開なんて、そう簡単に考えられるものか」

だが立花は、そんな陣内の愚痴など聞いてもいない様子で、懐かしい名前を口にした。

「そうそう、ベルファストはもう登場しないんですか？」

「登場しないもなにも、ベルファストは二年前に殺したじゃないか」

「サタンの正体がベルファストだったっていう展開はどうです？」

「駄目だ。こじつけすぎる」

「こじつけでも、なんでも構いません。宿敵サタンは、実は主人公チャイムの師匠その人だった――」

「でも、ベルファストがスピード・フリークに殺されたシーンはどうする？　もう二年も前のエピソードだ。今さら、なかったことにはできないだろう」

「そのベルファストが殺されるシーンは、チャイムの視点から描かれていたでしょう？　チャイムはベルファストを助けに行こうとしたけど、断念した」

「それは一刻も早く脱出しなければならなかったからだ。ザ・ボックスの司令室にチャイム達がしかけた爆弾が、後三十秒で爆発する所だったんだぞ。助ける暇なんてありはしない」

「そんなことを言っているんじゃありません。重要なのは、チャイムがベルファストの死体を確認していないということなんです」

「つまり、あの戦いは、実はベルファストとスピード・フリークの狂言だったと？」

「そう。幸運にもサタンは初登場以来、ずっと覆面を被《かぶ》っていた。サタンの素顔が、読者の興味を引っ張る一つの要素であることには間違いない。確か、ベルファストとサタンが同時に物語に登場したことはないはずです。読者を欺く余地はまだあります」

「ハルシオンの死がきっかけとなって、サタンとベルファストの一人二役がチャイムに発覚するようにすればいいのか？」

「そう。なんならハルシオンも敵側の人間だったことにすればいい。そうすれば、そこに物語が生まれる。彼女がなぜスパイとしてチャイムに接触したのか、そのエピソードを『スニヴィライゼイション』第二部とするのはどうです。いっそのことハルシオンを主人公にしてもいい」

――結局ハルシオンか。

陣内はしばらく立花を見つめ、言った。

「立花さんも、このファンレターと同じ意見か？　ハルシオンが登場しない『スニヴィライゼイション』なんて、なんの価値もないと？　いや、ハルシオンを描かない陣内龍二など、漫画家としてお終《しま》いだと？」

「誰もそこまで言ってませんよ」

「俺は、あの漫画を続ける限り、ずっとハルシオンを描き続けなければならないと？」

「そんなにハルシオンを描くのがいやですか？　じゃあ彼女の面影を残す、新たな女性キャラを登場させるというのはどうです？　実はハルシオンには妹がいたっていうことにしてもいい」

陣内は何度目かのため息をつき、コップの水を一気に飲み干した。口元についた水滴を拭《ぬぐ》いながら、言った。

「じゃあ、どうして反対しなかった？」

「はい？」

「あの原稿を読ませた時、あなたは、どうして反対しなかった？」

「忘れたんですか？　そんな余裕はなかったんです。陣内さんは百四十二話の前の回、原稿落としましたよね。予告もなにもなしに。陣内さんの漫画家人生において初めてのことです。その時は止むをえず、ストックしてあった読み切り作品を入れて凌《しの》いだ。だけどそんなことが続いたら、あなたの信用問題に関わる。陣内さん個人の問題だったらまだいいですけど。『インターナル』も読者に信用されなくなるかもしれない。だからどうしても、ボツにするわけにはいかなかった」

その立花の言葉を、陣内は辟易《へきえき》しながら聞いていた。編集者は、色々なタイプの作家と付き合うことが多いだけに、概《おおむ》ね口の上手《うま》い人種だ。追及されても、のらりくらりと適当なことを言ってごまかすことを得意とする。大方あの時だって、目先の利益のことだけを考え、長期的な見通しをまるでしていなかったはずだ。こちらばかりが一方的に責められる筋合いはない。立花は、ハルシオンがいなくなった『スニヴィライゼイション』いや、漫画誌『インターナル』の行く末がどうなるか、今さらやっと気付いたのだろう。だが、もう遅い。

「原稿落としたのは、悪かったと思ってる」

「それはもう、いいですよ。そんなことよりハルシオンには飽きたんですか？」

「飽きたとか、そういう単純な問題じゃない」

「じゃあ、どうしてです？」

「ハルシオンが一番に読者に人気があった。だから殺したんだ。ファンの期待を裏切ることこそ、最高のファンサービスだ」

その自分の声は、ほんの少し、震えていた。強がっているだけだと、自覚した。

「ファンを怒らせ、失望させることがファンサービスなんですか？」

今度は立花がため息を吐いた。

「そうだよ。『スニヴィライゼイション』の読者の目を開かせてやったんだよ。コミックの少女に恋するなんてくだらないことだって」

「くだらなくてもいいじゃないですか。商売になるんですから。まさか、陣内さん。漫画家をやめる気じゃないでしょうね」

急に立花が怪訝《けげん》な顔つきになる。ふんっ、と陣内は鼻で笑った。いったいなにを言い出すのだろう。確かに自分は今、絶望のどん底にいる。だが、それは漫画家という職業がどうかといった小さな問題ではない。

「才能が枯渇《こかつ》して、漫画が売れなくなったら仕方がないけど、自分から好き好んで辞めようとは思わないね」

その言葉を聞いた立花は、今度は、呆《あき》れたような目つきで陣内を見た。

「なんだよ――。なんでそんな目で見るんだよ」

「陣内さん。僕の正直な気持ちを言ってもいいですか？」

「一々断らなくてもいいから、なんでも言ってくれ」

「僕は後悔してます」

「どうして？」

「あなたにずっと付きっきりになって、無理にでもハルシオンを殺すのを止めさせるべきだった、と」

遂に本音を出したか、と思った。

「やっぱり立花さんにとっては、俺の作品なんて商売に過ぎないんだな。ハルシオンを殺すと、彼女のファンが離れてしまう。雑誌の売上も、単行本の売上も落ちる」

「正直、それもありますけど、それだけじゃない」

「じゃあ、なんです？」

「ハルシオンを殺すなら殺すで、かまわない。だけど、彼女は今までずっと物語を引っ張ってきたキャラクターだ。殺すなら殺すで――もっと劇的な死を演出すべきだった」

「劇的な死？」

そうです、と立花は深く頷《うなず》いた。

「どうして準主役のヒロイン、ハルシオンがあんなつまらない死に方をしなければならないんですか？　帰還する途中で、コントロールを失い操縦不能となった味方の戦闘機と衝突するなんて」

「つまらない死に方？」

「それも、突然だ。唐突過ぎる。百四十二話では一度も戦闘シーンは登場しない。戦闘機が操縦不能となった、その理由もまるで分からない。平坦《へいたん》な話の最後に、いきなりハルシオンが死ぬシーンが登場したといった感は否めません。前半で、静かで平和な戦闘員達の日常を描くことが、後半の劇的な悲劇をより際だたせると陣内さんは仰《おっしゃ》るかもしれない。だけどあなたの作品をすべて読んで来た僕には、そんな意図を感じることはできませんでした。まるで――違う二つのエピソードの最初と最後をつなぎ合わせたみたいにアンバランスだ。なんの伏線も張らないで劇的な展開を持ち出すなんて。あんなやり方じゃ、ネタに困ったからハルシオンを殺したと思われても仕方ありません」

黙って聞いていたが、もう我慢の限界だった。

陣内は、両手でテーブルを力任せに叩き付け、立ち上がった。また声が震えた。強がっているからではなく、怒りのためだった。

「唐突過ぎる？　伏線も張らない？　冗談じゃない。一体、現実のどこに『唐突でない死』がある？　『伏線を張った死』がある？　『唐突』であって当然だ。『伏線』がないのも当たり前だッ。現実は、そういうふうに出来てる。漫画とは違うッ」

陣内の怒声は、深夜のファミレス内に響き渡った。少ない客達は、度肝を抜かれたような表情でこちらを見つめ、ウェイトレス達は迷惑そうに彼を睨《ね》め付けた。

肩で息をする陣内に、立花は諭《さと》すような口調で言った。

「僕は現実の話をしているんじゃありません。漫画の話をしているんです」

陣内は、立花から視線を逸《そ》らし、うつむいた。力なく椅子《いす》に座り込み、そしてぽつりとつぶやいた。

「里美だって、そういうふうに死んだんだ――」

自分自身に言い聞かせた言葉だった。立花の視線から、同情心をありありと感じ、苦痛だった。

ハルシオンが死ぬシーンは、里美の死後間もなく描いたものだ。陣内は、ハルシオンに里美を投影していた。キャラクターの外見だけではなく『唐突』で『伏線』のなかった、その死に様までも。

天罰が下ったんだと陣内は思った。里美のことも、自分の漫画が暗礁に乗り上げたことも。

あの日、出かける間際、里美は言った。

——龍二さん。あなたは漫画家の才能あるよね？

なぜ、いきなりそんなことを言い出すのかが分からなかった。陣内は戸惑いながらも、

——ああ、俺には才能あるぞ。里美が一番、そのことを分かっているだろ？

と笑顔で答えた——。

だが、きっと里美は見抜いていたのだろう。女の勘というやつだ。自分に漫画を描く才能などないことを、今までやって来られたのはほとんど奇跡に近かったことを。

そしてそれが、陣内の見た、最後の里美の姿になった。

——里美。

今すぐここで、涙を流せと言われたら、何リットル分でも泣けるだろう。

立花は静かに立ち上がった。その音で、陣内は過去の回想から現実に引き戻される。

「じゃあ、僕は帰ります。『スニヴィライゼイション』の今後の展開、考えておいてくださいね」

それだけ言って立花は陣内に背を向けた。

言いたいことは好きなだけ言い、都合が悪くなると逃げ出す。編集者とはそういう人間だ。

「立花さん」

その声で、立花は怖《お》ず怖ずといった様子で振り返った。そんな彼に、言ってやった。

「僕はもうハルシオンを描きませんよ。だから、ハルシオンの過去を『スニヴィライゼイション』第二部とする立花さんの案は、採らないつもりだけど、いいですか?」

「それは、ご自由に。結局は陣内さんが描くんです。作品をどうしようと、人気が出るならそれで構いません」

「別に、ハルシオンとは永久に縁を切りたい、って駄々をこねている訳じゃない。第二部の主人公はハルシオンでしょう?　でもその主人公は第一部のラストで死んでいる。将来死ぬことが分かりきっているキャラクターが主人公なんて、魅力的な漫画になると思う?」

そうですね、と立花は答えた。今の立花なら、なにを言っても反論しないだろうと、思った。

陣内は更に言葉を続けた、それは立花にではなく、自分に言い聞かせるための言葉だった。

「主人公の死という運命が決定づけられている物語なんて、描いていても、読んでいても、面白いはずがない」

*

フロアに佇《たたず》むチャイム。

窓外には流れ行く星々が光り輝いている。

戦闘の合間の、静かな一時。

ハルシオンのことを、想った。

彼女が帰って来たら想いを打ち明けようと、考えた。

足音が聞こえ、チャイムは振り返る。

ハルシオンだ、そう思った。

でも、彼女ではなかった。

そこには、フォーエバーが立っていた。

フォーエバーは、顔面蒼白《そうはく》でこう呟《つぶや》く。
「ハルシオンが――死んだ」
最初、チャイムは、フォーエバーが悪い冗談を言っているのだと、思った。
だが、その真摯《しんし》な表情から、チャイムはすべてを悟る。
驚愕《きょうがく》に歪《ゆが》むチャイムの表情。
「帰還する途中に、コントロール不能になった機と衝突したんだ――」
その言葉が言い終わらぬ内に、チャイムは駆け出す。
なにかの間違いだ、その言葉がこだまする。
デッキには、沢山のスタッフが行き来している。
「回収できたのは――あれだけだ」
ドクター・フーが、チャイムに言った。
チャイムは、ドクター・フーの視線を追った。
そこには、宇宙王国軍の戦闘機の残骸《ざんがい》があった。
チャイムは、ふらつく足で残骸に近づく。
残骸にはチャイムのサインがあった。
無事を祈って、彼女の機体に書いた自分の名。

チャイムは、慟哭《どうこく》した。
ハルシオンは、死んだ。

真っ白い便箋を前にして、三橋光一《みつはしこういち》は考え込んでいた。もうかれこれ、二時間もこうしている。だが一行たりとも筆は進まない。思えば、小学生の頃からずっと、作文は苦手だった。

窓の外からは喧《やかま》しいヒップホップ・ミュージックが聞こえてくる。外国人歌手が歌うラップの曲だ。三橋にはなんというアーティストのなんという曲なのか、見当もつかない。隣の家に住んでいる浪人生が聴いているのだ。騒音だった。大音量で聴きたかったらヘッドフォンをするか無人島にでも行けと思う。

思い切って文句を言おうと、いったい何回考えただろうか？　だが、髪が金色になるまで脱色し毎日違う女を部屋に連れ込み休日はバイクに乗って走り屋に変貌《へんぼう》するその二歳年下の浪人生は、自分より長身で体格も良かった。余計なことを言って、殴られるのはごめんだった。おまけにカツアゲでもされたら、元々少ない小遣いが余計に少なくなる。いらぬリスクを冒すことは、避けた方が賢明だ。

三橋はできるだけ、隣家の音楽が耳に入らないように意識を集中させ、目の前の便箋をじっと見つめた。ペンを持ち、いつでも書き出せるように準備を整える。

三橋が書こうとしている手紙はある漫画家へ宛てた手紙だった。ファンレター、といってもいいかもしれない。

そんな手紙を書くなど、生まれて初めての経験だった。だから一体なにを書いていいのか、すぐには思いつかない。ただ考えを巡らしている内にも、時間は刻々と過ぎてゆく。こうしている時間は無駄以外の何物でもない。考え込んでいるから、書けないのだ。便箋一枚や二枚書き損じることなど厭《いと》わずに、なんでもいいから書いてしまえ。そうすれば考えがまとまるはずだ。

書きたいことは山のようにある。だが、それを言葉にする自信がなかった。思いのたけをそのまま便箋に刻みつければ、支離滅裂な文章になることは、容易に予想できた。

迷ったあげく、三橋は便箋にこう書いた。


陣内、死ね。

その簡潔にして明瞭な文章を、三橋は何度も読み返し、これで行こう、と決めた。

余計なことをぐだぐだ書くよりも、これくらいあっさりしていた方が、より自分の怒りが相手に伝わるだろうと思った。

『インターナル』の読者ハガキには、住所、氏名、年齢、職業、性別を書く項目があったので、最初はこの私信もそれに倣《なら》おうと考えていた。だが書き上げたたった一行のファンレターは、結果として嫌がらせ目的のそれと同等になってしまったので、匿名にした方が賢明だろう。

編集部の住所を書き、封をし、切手を貼《は》った後、三橋はもう一度、昨日発売されたばかりの『インターナル』を開いた。

読むべき連載漫画はただ一つ。他でもない『スニヴィライゼイション』第百四十二話だ。

一体、これで何回読み返しただろう？　三橋自身分からなかった。すでに、十回二十回といったレベルをとうに超えていたからだ。

衝撃だった――。

昨日、初めて百四十二話を読んだ彼の心情は、その一言に尽きた。だが、それが作者の陣内龍二に対する怒りに変わるのは、少しの時間で十分だった。ハルシオンの死を聞かされ、チャイムが発した慟哭は、他ならない三橋のものだった。

陣内龍二著『スニヴィライゼイション』。三橋は、昔から人並み以上にコミックやアニメに触れてきたが、これほどまでに彼の心をつかみ、狂わせた漫画はなかった。

宇宙戦争を背景に、心と顔に傷を負った少年チャイムの成長物語。その親友、フォーエバー。軍医、ドクター・フー。そして、圧倒的なカリスマ性を誇る悪の帝王、サタン。その拠点となる宇宙ステーション、ザ・ボックス。昔、この漫画にはベルファストというキャラクターが登場した。彼は、軍におけるチャイムの上官だった。笑いもせず冗談も言わず、厳しくチャイムを指導し教育する反面、時折かいま見せる優しさが好感を抱かせた。三橋はまるで頼れる父親像を体現したようなこの男が気に入っていたのだが、二年前の戦いで、サタンの手先、スピード・フリークに殺されてしまった。

勿論《もちろん》、その時も三橋は嘆き悲しんだ。しかし名誉の戦死だし、ベルファストの死を予感させる不吉な描写は以前からストーリーの所々にあったので、三橋はすんなりそれを受け入れることができた。いや、むしろ、物語の展開上必要不可欠であるとすら思っている。

尊敬する上官の死は、チャイムにとって、一つのターニング・ポイントだった。チャイムが少年から一人の男として成長するきっかけになったのだから。

だが、今回のハルシオンの死は、とても意義のあることだとは思えない。まるで無駄死にと同じだ。ハルシオンが乗る戦闘機が、味方の機に衝突された、それが彼女の死の原因だ。しかも戦時下ならともかく、平時での死。

ふざけている。そう思った。作者の陣内が、真面目《まじめ》にこの漫画を描いているとはとても思えない。伏線も、予兆もない。まるでとってつけたような事故死。

ハルシオンは、ヒロインなのだ。ベルファストは勿論、主人公のチャイム以上に『スニヴィライゼイション』を代表するキャラクターだ。この漫画の存在は知らなくとも、書店のポスター等で彼女を見知っている人は多いはずだ。『スニヴィライゼイション』の人気は、常にハルシオンの人気とイコールだった。それなのに、どうして、彼女がこんなつまらない死に方をしなければならないのか？

目を閉じた。瞼《まぶた》の裏に、彼女が自分に見せた様々な姿が蘇《よみがえ》った。無表情なハルシオン、泣くハルシオン、笑うハルシオン、彼女の感情の遍歴が三橋の心を一層締め付けた。ハルシオンは自分の恋人だった。少なくとも、三橋はそう思っていた。

三橋が『スニヴィライゼイション』中、最も好きな、あの場面——。

——あなたは醜《みにく》くない。

幼い頃に暮らしていた街がクーデター軍によって爆撃され、チャイムは顔に大火傷《やけど》を負った。ケロイド状になった顔左半分を、長い前髪で隠している。その顔にコンプレックスを抱いているのだ。連載開始当時のチャイムは、終始暗く、笑顔を見せることはなかった。そして顔に火傷を負う原因となった戦火がトラウマとなり、戦うことを恐れていた。戦闘機の操縦も、射撃も、成績は最下位だった。

だが、そんなチャイムの心を、彼女は開かせた。

優しく微笑みながら、ハルシオンはチャイムの顔半分を覆う前髪をそっと掻《か》き上げた。チャイムの顔の火傷がすべて読者の前にさらけ出されたのは、それが最初だった。

まだ二度目はない。もうないかもしれない。

——あなたは醜くない。弱くもない。

そうハルシオンは言った。

——強い人は、美しいから。

それがきっかけとなり、チャイムは己の中に潜む、未知なる力に気付いた。めきめきと実力を上げ、そしてそれは上官のベルファストが戦死したことによって爆発した。ザ・ボックスから脱出したチャイムは、そのまたった一人でクーデター軍の部隊に立ち向かい、超人的な能力で敵がしかけてくる攻撃を察知し、そのほとんどを壊滅させた。

三橋は、チャイムを自分に投影させていた。外見にコンプレックスを抱き、戦闘の学習や演習も覚えが悪い。そんなだめな少年が、一人の美しい少女によって覚醒《かくせい》し、未知なる能力を呼び覚ます。

いつか自分にもハルシオンのような存在が訪れるかもしれない、と『スニヴィライゼイション』を読み、そんなことを夢想する時間は、三橋にとって掛け替えのないものだった。

そして自分はハルシオンと運命で結ばれている、そう思わせるに足るだけの出来事が、三橋にはあった。

彼女に恋い焦がれる読者は、日本中に何十万といるだろう。だが何十万だろうと、何百万だろうと、自分はその中で一番の読者なのだ――。

手を伸ばした。指先に触れた枕《まくら》を、こちらに引き寄せた。それは長さ一六〇センチはある、抱き枕だった。枕の表面には、ほぼ等身大のハルシオンのイラストが印刷されている。

＊

一枚、二枚、三枚――。

帰宅した陣内は、先程ファミレスで立花に渡されたファンレターを、一通一通整理していた。

ファンレター――ハルシオンを殺したことに対する抗議の手紙。整理――男女別に分けること。

うずたかく積み重なったファンレターの差出人は、圧倒的に男性が多かった。概してファンレターを出す読者は、女性の比率が高い。だが、今はそれが逆転している。普段ファンレターなど出すことのない男達が、ハルシオンが死んだことで怒り狂っているのだ。

男性読者に圧倒的人気があったハルシオン。彼らへのファンサービスは、主人公のチャイムとハルシオンの関係を友人と恋人の間で、進ませ、後戻りさせ、しかし決してどちらにも付かず、揺れ動かし続けること。読者はチャイムに自分を投影させ、ハルシオンとの恋を夢想する――。

でも、もうそれも、できない。自分がハルシオンを殺したから。

女性読者からのファンレターには、ハルシオンを殺したことに対して頭ごなしに抗議する手紙は少なかった。だからここ最近、陣内は、女性読者からの手紙のみを読むようにしている。一方、男性読者からの手紙は、目を通すこともなく、そのほとんどがゴミ箱に直行した。

ファミレスで立花に無理矢理ファンレターを読まされたことが、陣内の気持ちを余計に、深く、重く、沈ませていった。こんな、作品に対し否定的なファンレターを山のように受け取るなど、陣内の漫画家人生において初めてのことだった。

より分け『破棄するべし』の烙印《らくいん》を押されたファンレターを、黒いゴミ袋に突っ込んだ。明日の朝一にゴミに出すつもりだ。

捨てなかった女性読者からのファンレターを無造作にテーブルの上に置く。居間のテーブルの上は、各種の手紙類が散らばっている。ダイレクトメール、携帯電話や各種公共料金の領収証。みな、開封されず、そのままになっている。封を開ける気力もない。

陣内はソファの背もたれにだらしなく身体をあずけ、室内を見回した。

『スニヴィライゼイション』の印税で建てた新居。里美と住むはずだった家。

あの朝のひと時を、陣内は昨日のことのように思い出す。目覚め、階下に降りると、里美はキッチンで食器を片づけていた。すでにスーツに着替えている。ここから直接出勤すると彼女は言った。

――腹減ったまま車運転すると、集中力が失せて事故るかもしれないぞ。

まさか、その言葉が現実になるなど、一体誰が想像するだろう。陣内が夢見た、未来の、里美との幸せな夫婦生活は、こわれもののガラス細工のように粉々に砕け散った。

里美が死ななかったら、自分はハルシオンを殺さなかっただろう。こうしてファンの攻撃にさらされることもなく、原稿に追われながらも、里美と共に家庭の甘さに首までつかれただろう。そして確定申告の高額所得者番付に名前が載り続けただろう。

一時の感情の高ぶりで、ハルシオンを殺した自分から、ファンが離れていくのは必至だ。立花の言う通り、もう一度ハルシオンを登場させるか、それとも彼女に代わる新しいキャラクターを登場させない限り。

陣内は、今度来るはずの新しいアシスタントのことを考えた。今、陣内の漫画制作を手伝っているアシスタントは細野という男一人しかいない。ハルシオンを殺した時のごたごたで、他のアシスタントは皆、陣内の元を去ったのだ。さすがに、アシスタントが一人だけでは陣内も辛いものがある。

新しいアシスタントは、なんでも某同人サークルの花形作家らしい。そして女性だった。陣内龍二の熱狂的なファンだという。女性だから大丈夫だと思うが、万が一、ハルシオンを殺したことに怒り狂っていないとも限らない。なにせ自分は、何十万人もの『スニヴィライゼイション』のファンを裏切り、彼らから毎日のように嫌がらせの手紙を受け取っている身分なのだ。アシスタントの話は立ち消えになるかもしれない。

陣内は、八つ当たりにテーブルの脚を思いきり蹴《け》飛《と》ばした。テーブルが揺れ、置かれていたダイレクトメールや領収証の山が崩れ、床に散乱した。どこかで見た光景だと思った。さっきのファミレスの光景にそっくりだ。だが、それを拾い上げてくれる立花は、いない。

陣内はゆるゆると腰を上げ、ソファから立ち上がった。床に散乱した郵便物を一枚一枚拾い上げる。

ダイレクトメール――さっきの男性読者のファンレターと一緒に捨てる。

公共料金の領収証――必要経費に計上できるものもあるかもしれないから、とっておく。

女性読者からのファンレター――男性読者の手紙のように辛辣《しんらつ》なものでないのなら、捨てるのは忍びない。しかし、いくら『読者様は神様です』と思っていても、作者に対する無責任な要求と願望には辟易《へきえき》する。勿論、男の手紙に比べるとまだましだが。

そして、これは――。

なんだろう?

白い厚手の、高級そうな封筒だった。きちんと蠟《ろう》で封をしてある。そしてラベルワープロで作成されたと思《おぼ》しき、宛名が印刷されたシールが貼られている。秋花舎『インターナル』編集部、陣内龍二宛。

思い出した。数週間前に、編集部から転送されてきたものだ。ファンレターだろう。しかし、丁度里美の事故と時期が重なったため、手つかずになっていたのだ。あの時は混乱していて、ファンからの手紙のことなど念頭になかった。

陣内は、無造作に封筒を手で開封した。きっと、漫画家・陣内龍二を応援する手紙に違いない――となんの疑いもなく思った。なぜなら、それは陣内がハルシオンを殺す前に送られてきたファンレターだからだ。

陣内は、中に入っていた一枚の紙切れを取り出す。二つに折られていたそれを、何気なく開く。ワープロで書かれた手紙だった。無機質な明朝体が並んでいる。陣内は、目を通した。

初めてお手紙を差し上げます。

私は陣内先生の漫画が大好きで、ずっと読ませていただいています。大好きな先生にお手紙を差し上げるのだから、書きたいことは山のようにあるのですが、今回は、簡潔に用件だけを書きます。

四月二十七日、桑原里美さんが、交通事故にあうでしょう。お願いですから、どうかその日だけはいつもの何倍も注意するように、桑原里美さんに呼びかけてください。

陣内は、数分間立ちつくしていた。

四月二十七日、里美の命日。彼女は交通事故で死んだ。運転していた乗用車がガードレールに衝突し大破炎上――。

陣内はその手紙を力を込めて握りしめる。そして怒りにまかせて壁になげつけた。丸められた紙切れは、壁に当たり、跳ねて、部屋の隅に転がって行く。

いったい、どこの誰だ？　こんな悪趣味な悪戯《いたずら》をするのは？

だが、そんなのは考えなくたって、分かっている。

『スニヴィライゼイション』の読者だ。陣内の、いや、狂信的なハルシオンのファンだ。どこかで婚約者が事故で死んだという情報を聞きつけた馬鹿が、嫌がらせのためにこんな手紙を送ってきたのだ。

交通事故にあうでしょう？　どういう意味だ？　～でしょう、というからには推量しているのだろう。だが、すでに里美は死んでいるのだ。四月二十七日はもう過去なのだ。

部屋の隅に転がっている、丸められた手紙を拾って、ゴミ袋に投げ入れる。こんなもの、くだらないファンレターと一緒に捨ててやる。

陣内は、手紙が入っていた封筒を手にとった。そして、それも手紙と同じようにゴミ袋に入れようとした――だが、思い止《とど》まった。

封筒の、ある一点に目が止まったからだ。

封筒には、なんの変哲もない八十円切手が貼られていた。

陣内の視線を釘付《くぎづ》けにしたのは、切手ではなく、そこに押されていた消印だった。

陣内は封筒を裏返しにした。

封筒の裏の左下隅には、手紙の差出人の連絡先、住所と電話番号の印刷された小さなラベルが貼られていた。

差し出し人の名は、神崎美佐《かんざきみさ》。

ゴミ袋をあさり、さっき投げ入れた、丸めた手紙を再び外に出した。丁寧に広げ、皺《しわ》を伸ばした。

誰に電話をかけようか。携帯電話を手に、陣内は考え込んだ。

漫画家の友達――親しくしているが、腹を割ってなんでも話せる間柄ではない。

里美の両親――もっての外だ。二人はまだ里美の死から立ち直っていない。こんな異様な手紙のことを相談するなんて、二人を更に混乱させるだけだ。

幼なじみ、学生時代の友人――最近、会ってない。どこで知ったのか、里美の葬儀に駆け付けた者もいるが、普段から親しくしていない人間にこんな個人的な相談をすることは、憚《はばか》られた。

神崎美佐――それは最後だ。

迷った末、陣内は立花の携帯に電話を入れた。

漫画家になって初めて一緒に仕事をしたのが、彼だった。『スニヴィライゼイション』がヒットを飛ばしたのも、彼の編集者としての能力が優れていたからだ。自分の努力なんて、ほんの僅《わず》かなものだ。

数回の呼び出し音の後、立花の訝《いぶか》しげな声が聞こえてきた。

『どうしたんですか？』

「時間、いいですか。ちょっと立花さんに相談したいことがあって——」

陣内は『神崎美佐』から届いた封筒に視線を落としながら、言った。

「変なファンレターがあったんだ。今みたいに手紙が殺到するようになる以前、俺が百四十二話を書く前に届いた手紙だ」

『どんな手紙なんですか？』

陣内は、手紙の文面を読み上げた。立花は、それを黙って聞いていた。

「これ、どういう意味だと思いますか？」

『どういう意味もなにも。極めて悪質極まりない悪戯《いたずら》ですよ。陣内さん、目にあまるようなら警察に相談することも考えましょう』

「違う、そうじゃない。ただの悪戯なら、わざわざ立花さんに電話なんか、しない」

『悪戯じゃないんですか？』

「ただの悪戯じゃないかもしれない」

『どうしてそう思うんですか？』

「交通事故にあうでしょう、って書いてある。つまり、これから事故にあうって書いてあるんだ」

『これからもなにも、四月二十七日は、もう過去だ』

その立花の言葉に対し、陣内は、自分に言い聞かすように、こうつぶやいた。

「俺は、しばらくの間、この手紙のことに気づかなかった。他の郵便物と一緒にテーブルの上で埃《ほこり》をかぶっていた。だから――過去じゃないんだよ」

『どういうことです？』

「立花さん。この手紙が投函《とうかん》された時、四月二十七日はまだ未来なんだ」

『なんで、そんなことが分かるんです？』

「消印だよ。手紙の消印は四月二十五日付けになってるんだ」

立花は、しばらく黙り込んだ後、口を開いた。

『えーと、ちょっと待ってください――。それはどんな手紙なんですか？』

「洋風の、高級そうな白封筒だ。手紙も、その封筒と同じような紙を使っている。細工したような痕《あと》はないように思う。綺麗《きれい》なもんだ。編集部の住所を印刷したラベルが貼ってある。封筒は厳重に糊《のり》付けされた上に、ロウで封がしてあった。八十円の普通切手。押されている消印は、偽造されたもののようには見えない」

『うーん。最近、手紙の量凄《すご》いですからねぇ。覚えてないな――』

「どう思う？　立花さん」

『どう思うもなにも――。やっぱり悪質ないたずらですよ。それが一番常識的な答えです。消印にしても、なんらかのトリックがあるんでしょう』

「トリックって、例えばどんな？」

『いや、今すぐには思い浮かびませんけど。でも、そんな消印の日付ぐらい、どうにでも細工できると思います』

「そんなんじゃ、答えになってない。どうにでも細工できるって言うんだったら、例えばでいいから、どうすればこんな手紙を作れるのか、その方法を教えてくれよ」

『だから、今、すぐには分かりませんけど――。時間ください。考えておきますから』

　陣内はため息をつき、言った。

「立花さん」

『何です？』

　自分が考えていることを、立花に披瀝《ひれき》することには若干のためらいがあった。

「この神崎美佐っていう女とコンタクトを取ろうと思う」

『え？　誰ですか？』

「この手紙を送ってきた人物さ。連絡先の、電話番号と住所が書いてあった」

陣内は、藁《わら》にもすがる思いで日々を送っていた。初めてつきあった女性も、既にこの世の人ではない。そして婚約者の里美も死んだ。自分が交際を始めた女性ばかり、次から次に死んで行く。誰でもいいから、その答えを教えて欲しかった。

もしかしたら、この手紙の差出人に会えばなにかが分かるかもしれない。そんなことを、考えた。

『危険じゃ、ないんですか？　例えば、これは、陣内さんに会いたくてたまらない熱狂的なファンが、陣内さんを誘《おび》き寄せるために仕掛けた罠《わな》だとか——』

鼻で笑った。

「上等だ」

『そうですか——。じゃあ、お好きなように、でもくれぐれも原稿の方、落とさないようにお願いしますよ』

「大丈夫。ネームはもう完成しているし、キャラクターをぱっぱっぱっと描いたら、背景その他はアシスタントにやらせるから。今は細野だけだけど、もうすぐ新しい子が来るから、心配しないでくれ」

『ぱっぱっぱっ、とですか』

「ああ。問題ないだろう？」

『そうですね――』


立花は最近、どこか他人行儀でよそよそしい。だが以前と変わったのは、立花ではなく、自分の方だということを、陣内は誰よりも良く理解していた。

里美の事故以降、陣内の仕事が荒れていることを、立花は気にかけているのだろう。

ハルシオンを殺したことだってそうだ。正直、陣内は、あの選択が正しかったのかどうか、自分でも判断がつかないでいた。

――知ったことか。

時間なら、どうにでもなる。今まではどんなに忙しくても、キャラクターだけは陣内自身が描いていた。でも、今度からは顔だけ描いて、身体や手足はアシスタントに描かせよう。いや、細野だったら、陣内の絵のタッチを完璧《かんぺき》に再現できるので、顔まで描かせても問題ないかもしれない。

そうすれば、そのぶん時間が浮く。そして第二部からは『宇宙放浪編』とでも称して、ハルシオンの死に絶望し宇宙空間を放浪するチャイムの物語にすればいい。そうすれば背景をほとんどベタ塗りで済ますことができる。背景に時間を取られる必要がなくなれば、その分のアシスタントの仕事をキャラクターの方に回せる。作風が変わったと批判する奴もいるかもしれないが――。

――知ったことじゃない。

陣内は身体にまとわりつく感傷を振り払うかのように『神崎美佐』の電話番号をプッシュする。

*

ハルシオンの抱き枕。それを初めて目にしたのは、秋葉原の本屋だった。

三橋が週に一度は足を運ぶネズミ色の雑居ビル。一階は迷宮のように通路が入り組み、たくさんの店が軒を連ねている。家電を売る店もあれば、カーナビやカーオーディオを扱うカー用品専門店や、トランジスタや抵抗器を扱うパーツショップ。果てはモデルガンやラジコンを扱う模型店まで、枚挙《まいきょ》に遑《いとま》がない。

三橋は、他の店など眼もくれず二階へ向かった。一階の、細々とした小さな店とは比べ物にならないほど、広大な売り場面積を誇る、三橋行きつけの書店。

店内にいる客はみな、十代二十代の若い男達。売っている書籍は、アニメおよびコミック関連の本や雑誌の他には、すべて漫画本だった。基本的には古本屋だが、昭和初期に発行された数百万は下らないプレミア本を扱っている訳ではない。三橋にしても、そんなレトロな漫画にはまるで興味がなかった。ベストセラーの『スニヴィライゼイション』はどこの本屋だって買えるのだ。

三橋がこの店に足を運ぶ理由は、漫画本それ自体より、アニメグッズやポスター、そして同人誌が充実しているからだった。勿論、オリジナル作品の同人誌などには興味はない。三橋が目当てにしているのは、既存の商業作品のパロディ物だった。人気がある同人誌は皆、十八歳未満禁止の烙印が押されている。原作では味わうことのできない愉悦の世界がそこにはあった。

三橋は足取り軽く同人誌コーナーに向かった。その時、ふと眼についたもの――。

ハルシオンが、そこにいた。

アニメグッズのコーナーだった。『スニヴィライゼイション』は現在、一番人気のコミックなので、グッズコーナーは『スニヴィライゼイション』一色と言っても過言ではなかった。

ガラスケースに収められた『スニヴィライゼイション』の各グッズ——。細々としたフィギュアやテレホンカードの中にあって、その抱き枕の存在は、光り輝いていた。柔らかそうな枕に印刷された、実物大のハルシオン。彼女の笑顔に頬《ほお》ずりしたい。そのふくよかな胸に顔を埋めたい。ずっとずっと抱き締めていたい。しかし三橋は、抱き枕に貼られた値札のカードを見やり、絶望的な気持ちに襲われる。

完成品のフィギュアは、どんなに小さなものでも一万円を下らなかったし、プレミアがついたテレホンカードにしても、二万、三万はざらだ。だがそんな現実など、三橋にとってはまったく些末《さまつ》な問題だった。十万だろうと、二十万だろうと、ローンを組むなり、借りるなりすれば済む問題だ。そう、金で解決する問題だったら——。

抱き枕の値札には、値段の代わりに、こんな文章が書かれていた。

『非売品です。お売りできません』

一瞬、店の人間と交渉しようという考えも頭に浮かんだ。しかし、きっと自分みたいに、売ってくれとせがむ客が後を絶たないから、わざわざ値札にこんなことを書いてあるんだな、と思い直した。それに、見ず知らずの人間に対して——たとえ店と客という立場でも——交渉を申し込むなど、小心者の自分にはとても出来そうにない所行だった。

ただ三橋に出来ることは、ガラスケースの中の等身大のハルシオンを名残《なごり》惜しい目で見つめることだけだった。


次にハルシオンの抱き枕と出会ったのは、インターネットのオークションでだった。ネット上のオークションは膨大な数の出展商品から成り立っている。値段も数百円から数十万円まで様々だ。だれでも出品でき、だれでも入札できる。

星の数ほどの出品が画面上では繰り広げられているが、探している商品の名前を入力すれば、その文字列を含む商品を即座に検索できる。三橋はもっぱら次の二つの文字列を入力することが多かった。『スニヴィライゼイション』もしくは『ハルシオン』。

人気漫画の人気キャラクターであるから、検索結果は何百件にも及ぶ。その中から自分の気に入った商品を探し出すのも、楽しい作業だった。

一度入札して最高落札額をつけても、人気のある商品だと、すぐに『高値更新』と題して『他の人が下記の商品に対してあなたよりも高値を付けました』という内容のメールが送られてくるから、オークション終了のその日時にならない限り気を抜くことはできない。非売品のグッズや、もう売ってないレアな商品が手に入ることは勿論だが、それ以上に、そういったオークションの醍醐味《だいごみ》を味わうことが楽しかった。

そして、ある日見つけた商品に、三橋の視線は釘付けになった。

『スニヴィライゼイション』ハルシオン特製抱き枕。プロモーション用に、書店やアニメショップなどに配られるグッズ。もちろん非売品だ。出品者は、書店に勤めていて手に入れることができたらしい。

現在の価格――四万円。

三橋は震える指先で、キーを叩いた。入札価格――四万五千円――とパスワードを入力する。そしてオークションを利用する際にあたっての条件が画面に表示される。もうすっかり見慣れた、契約条文みたいなものだ。三橋はページの一番下にある『以上の条件に同意して入札』のボタンをクリックした。

そして画面に表示されたのは――。

『他の人があなたよりも高い金額をつけました』

現在の入札者は、四万五千円以上の金額を入れているのだ。そいつが一体いくら入札しているのか確かめる術《すべ》はないが、それ以上の金額を入れなければハルシオンの抱き枕を自分の物にすることはできない。

そして現在の金額は、四万六千円になった。

三橋は『金額を上げて再度入札する』のボタンを押す。だが再び『他の人があなたよりも高い金額をつけました』の画面が表示された。

三橋は、再度『金額を上げて再度入札する』のボタンを押す。

『他の人があなたよりも高い金額をつけました』

再度、ボタンを押す。

『他の人があなたよりも高い金額をつけました』

再度、押す。

『他の人があなたよりも高い金額をつけました』

押す。

『他の人があなたよりも高い金額をつけました』

押す。

『他の人があなたよりも高い金額をつけました』

押す。

『他の人があなたよりも高い金額をつけました』

押す――。

一体、何回その行為を繰り返しただろうか。

現在の価格は六万九千円になっていた。

三橋は『金額を上げて再度入札する』のボタンではなく、その隣の『金額を再入力して入札する』のボタンを押し、金額を入力する前の画面に戻る。埒《らち》が明かないので、ここで一気に高額入札することにした。

迷った末、入札金額は十万円にすることにした。切りがいい数字だし、いくらハルシオンの熱狂的なファンでも、そんな高額を一気に入札する人間など自分ぐらいのものだろう。それに十万円を入札しても、通常のオークションと異なり、それがそのまま現在の金額、となる訳ではない。今までの最高額入札金額よりも、千円高い金額になるだけだ。

そして三橋が晴れて『最高額入札者』となることができる。

三橋は、金額を入力して、入札ボタンまでマウスカーソルを移動させる。マウスをクリックした。もう、これでハルシオンは自分のものだ。そうなんの疑いもなく、思った。

しかし。

『他の人があなたよりも高い金額をつけました』

現在の価格、十万千円。

三橋は、暫《しば》し、パソコンの前で呆然《ぼうぜん》としていた。いったい、こいつは、どういう奴なんだ？

三橋は『現在の入札者』の名前をクリックした。

その人物はz_fanという名前だった。『陣内のファン』という意味なのだろうか。インターネット・オークションは、競り落とした商品の一覧が残る仕組みになっているので、そのユーザーがどんな趣味嗜好《しこう》を持っているのか、たちどころに分かってしまう。

z_fanが過去に競り落とした商品は、正に『陣内のファン』に恥じない、そうそうたるものだった。サイン入り初版本、三万円。限定テレホンカード三枚セット、五万円。『スニヴィライゼイション』海外版発売記念ポスター、二万円――。非売品タペストリー、二万五千円――。読者プレゼント用Tシャツ、七千円――。

そして、三度目の正直。

抱き枕に印刷されたハルシオンが『インターナル』の誌面で三橋に微笑みかけていた。

読者プレゼントのページでこの賞品を目にした時は、一日中興奮し通しだった。三橋は、そのページを端から端まで、舐《な》めるように読んだ。一名様にプレゼント。たった一名。

応募要項を何十回と読み返した。このページにある応募券を官製ハガキに貼ってご応募ください。応募券。ページの隅に存在する二センチ五ミリ四方ほどの小さな印刷物。

『インターナル』一冊につき、応募券一枚。ハガキ一枚だけでは心許《こころもと》ないから、複数枚応募したいところだ。だが応募券は一枚しかない。

最初は、応募券をコピーしようかとも考えたが、紙質等から考えて、完全な複製を作ることは不可能だろう。編集部の人間がどこまで厳密にチェックするのかが分からないが、用心が足りなくてハルシオンが入手不能になることだけは、願い下げだった。

三橋は、近所中の本屋、コンビニ、最寄りの駅のキヨスクを回って、買えるだけの『インターナル』を買い占めた。大量に買い込んだ官製ハガキの一枚一枚に、ハルシオンへの想いを込めながら、応募券を貼り付けた。

三橋はその日の夕方から、翌日の朝までかかって作業を終えた。そして書き上げた百枚以上の応募ハガキをバッグに詰めて、近くの郵便局に向かった。一枚一枚、祈りながらポストに投函した。

――当選者の発表は、賞品の発送をもって代えさせていただきます。

発表は、二ヶ月後だった。

自宅に、自分の背丈ほどあろうかという小包が届いた時、三橋の心臓は早鐘のように鳴った。荷物を部屋に運び入れ、焦る想いを抑えつつ、震える指先で梱包《こんぽう》を解いていった。

やがて、ハルシオンの静かな微笑みが現れた時、三橋の心は歓喜に打ち震えた。

ハルシオンを抱き、ハルシオンに頬ずりをし、その柔らかな感触を味わった。そっとキスをした。彼女は優しい微笑みを返してくれた。

「愛してる、愛してる、愛してる――」

三橋は、ハルシオンの耳元で囁き続けた。

何十万人の中の一人に、自分は選ばれたのだ。もっとも『スニヴィライゼイション』を愛しているナンバー1の読者なのだ。やはり自分は特別な存在だった、そう確信をもって三橋は思う。幸運なんていう凡庸《ぼんよう》な言葉では、決して表せない現実――。

だが、その幸福も、今日までだった。

ハルシオンは、死んだのだ。

抱き枕——ハルシオンを抱き締める腕に、力を込める。ハルシオンはいつもと変わらぬ微笑みを浮かべている。

初めてこの抱き枕で眠った夜、三橋は、七年ぶりに夢精した。夢の中で、裸のハルシオンが足を広げていたのはおぼろげながらに覚えている。その上に自分が覆い被《かぶ》さっていったことも。目が覚めた三橋は、抱き枕が汚れていないことを確認し、胸を撫《な》で下ろした。

その甘美な一夜を思い出すと、下半身が抱き枕に密着する感触に襲われた。勃起《ぼっき》したのだ。たまらず三橋は、ズボンとパンツを脱ぎ捨て、むき出しになった性器を抱き枕に擦《こす》り付けた。抱き枕を身体に密着させながら、机の一番下の引き出しを開いた。引き出しがはち切れるほど詰め込まれているのは山のような十八禁の同人誌。もちろん『スニヴィライゼイション』ものだった。

三橋はお気に入りの同人誌を取り出した。ドクター・フーの特製ブレンドの媚薬《びやく》で全身性感帯となったハルシオンが、チャイムとフォーエバーに犯されまくる内容だ。実用度の高い一冊なので、一番手前にしまっておいた。

見開きページいっぱいに描かれるハルシオンの裸体——。大量の汗、精液、喘《あえ》ぎ声。『インターナル』や『スニヴィライゼイション』の単行本では決して見せることのない痴態を、ハルシオンは繰り広げていた。

この同人誌の作者は高橋《たかはし》龍一《りゅういち》という人物だ。平凡な名前だが、当然ペンネームだろう。『スニヴィライゼイション』の同人誌界においてはナンバー1の座を死守し続けている男だった。三橋は彼の同人誌をすべてコレクションしていた。コミケで新作が発売されると早朝から並んで買い求め、初期の作品はインターネットのオークションで定価の何倍もの値段で競り落とした。

彼は、陣内龍二の絵のタッチを正確になぞることにかけては人後に落ちない。なにしろファンの間では、あまりにもクオリティが高いので陣内龍二自身がペンネームで書いているのではないかという噂《うわさ》が、まことしやかに流れたほどだ。陣内龍二の描くハルシオンと寸分違《たが》わぬ、と言っても決して過言ではなかった。マニアの間では高橋龍一の正体について様々な説が飛び交っていたが、三橋はそんなものには興味がなかった。興味があるのはハルシオンだけだ。

同人誌のページを開き、抱き枕のハルシオンを抱き締めながら、自慰にふけった。とろけるような甘美感が、携帯電話の電子音で中断される。舌打ちをし、バッグの中から携帯電話を取り出す。

ディスプレイに表示された名前。千夏《ちなつ》だ。ハルシオンとは似ても似つかない女。電子音を無視した。一心不乱に右手を動かし続けた。抱き枕と同人誌を汚すことだけは避けたかったので、身を引き、昨日『インターナル』を買ったコンビニのビニール袋の中に射精した。

気怠い脱力感に身体を支配されたまま、抱き枕に身を委《ゆだ》ねた。三橋は泣いた。チャイムとハルシオンの関係は、もう二度と発展することはないのだ。陣内龍二、お前なんか死ね。死んでしまえ。

電子音は、とうに止んでいた。

バイトに出かけるため家を出た。バイト先のスーパーは歩いて五分ほどの距離だ。運動不足解消のため、十分以内で行ける場所は歩くことにしている。

家の前の道は、舗装されていない砂利道だ。五十メートルほど続いている。町内で舗装されていない道はここだけだ。なぜいつまで経《た》っても舗装されないのか詳しくは知らないが、恐らく、土地の名義の問題があるのだと思う。私道か公道かで、多少のいざこざがあったとも聞いていた。なんにせよ、近隣住民には迷惑な話だ。

スーパーに向かう道のりの途中にある、家電企業の社宅に差し掛かった。軽く舌打ちをする。社宅の駐車場で、奥様達が井戸端会議に勤《いそ》しんでいる光景が目に入ったからだ。その側《そば》では奥様方のご子息様がお戯《たわむ》れになっている——要するに、ガキどもが自転車で暴走し縄跳び用の縄を鞭《むち》がわりにＳＭショーに興じているのだ。

辟易しながらその横を通り過ぎる背中に降りかかるガキの声。

「撃つぞッ」

どうやら銃まで持っているらしい。三橋はそんな声など無視して足を動かした。しょせん子供のおもちゃだ。いくらなんでも弾が出る銃を子供に買い与えるはずがないだろう、そう思った。だが、甘い考えだった。

背中に痛みが走る。プラスティックのＢＢ弾が命中したのだ。それも一度ならず、二度、三度。

小学生の頃、いじめられっ子だった三橋は、クラスのガキ大将から輪ゴム鉄砲の標的となった。右手の人差し指と親指で銃の形を作り、そこに器用に輪ゴムをかけるのだ。親指を動かすと、人差し指の方向へ輪ゴムが発射される。輪ゴム弾は、そのガキ大将と取り巻き達の右手から、容赦なく何十発も発射された。三橋の頭に顔に腹に胸に手足に命中した。それが三橋のトラウマとなった。

幼い頃の悪夢が、ガキ共の心ない攻撃によって呼び覚まされた。そして思った。くそガキどもめ、俺が怒ったらどうなるか思い知らせてやるッ。

「あら、タカヒロちゃん、駄目でしょう」

だが三橋の決意も、その一人の主婦の声によってかき消される。

「人に向けて撃っちゃいけないって言ったでしょ。ほらほら観《み》てごらんなさい、あのお兄ちゃん、あんなに怒ってるよぉ――」

三橋は怒りと情けなさで肩を振るわせながら、振り返らずに歩き始めた。くそガキとくそ主婦への怒り。そして年上の人間には刃向かえない自分の小心さ。もう嫌だ。自分を変えてしまいたい。こんな連中、陣内龍二共々死んでしまえばいいんだッ。

＊

神崎美佐は横浜の、鶴見《つるみ》に住んでいた。馴染《なじ》みのない土地だ。鶴見ときいて真っ先に思い浮かぶものといえば、曹洞宗《そうとうしゅう》の総持寺にある石原裕次郎の墓ぐらいしかない。

駅前広場に差し掛かる。そこは商店街になっていて、人々で賑《にぎ》わっている。オープンカフェにディスカウントストア。小さな映画館もあった。コンクリートの外壁はくすんでひび割れ、いかにもレトロな風情を醸《かも》しだしている。劇場は地下にあるらしく、入口から細くて狭い下りの階段が続いている。

入口付近に設置されている立て看板には現在上映中の作品のタイムスケジュールが記載されている。陣内は思わず立ち止まった。

ちょうど、某インド系イギリス人監督のデビュー作と第二作を同時上映していた。陣内はその監督の大ファンだった。ストーリーは、登場人物の何気ない日常を淡々と追っていくだけで、ハリウッド製の刺激過剰なエンターテインメントとは程遠いものだった。だが登場人物の精神世界と、物語全体を覆う神秘的なイメージを余すところなく描き、カルト的なファンを多数獲得していた。もちろん、陣内もその一人だ。

今この映画館で上映している二作品とも、ＤＶＤで何回も観たから、筋はほとんど知ってしまっている。だが、劇場のスクリーンで観るのと自宅で観るのとでは、音響も臨場感も比較にならない。

それに、いくらＤＶＤといえども、それに見合うだけのＡＶシステムがなければ、実力の半分も発揮できない。陣内が自宅に買い揃《そろ》えたシステムは、総額で百万円を超す高級品の部類に入るが、それでも映画館で好きな作品を観賞する充実さには遠く及ばない。

陣内は映画館という空間が好きだった。同じ映画を、他人と共有するのが好きなのだ。隣の席に座っている中年男性、前の席の少女達。後ろの席の子供連れの主婦。口をきいたこともない赤の他人達が、同じシーンで同じように、笑い、手に汗握り、目頭を拭《ぬぐ》うのが、ある種の快感だった。

陣内は名残惜しい目で立て看板を見やった。同時上映の映画を観るだけで、四時間を浪費する。そもそも今日だって、空いた時間を見計らって鶴見までやって来たのだ。予定外の時間を使うことは、なるべく避けたかった。一本だけ観れば二時間で済むが、一本観たら、もう一本も観たくなるに決まっている。

陣内はジャケットの内ポケットから、手帳を取り出した。革張りで、ページには横罫《よこけい》だけが入ったシンプルな作りだ。昔は電子手帳やシステム手帳を使っていたが、多すぎる機能に振り回されて結局使いこなせない。メモを取るだけならば、こういったシンプルな手帳が一番だ。

この手帳は、水性ボールペンとセットで、外を出歩く時には常に携帯している。いつ何時《なんどき》、漫画のアイデアが天から舞い降りるか分からないからだ。

陣内は、手帳にボールペンで映画館の名前と上映時間をメモし、映画館を後にした。

土地勘のない街を歩きながら、陣内は昨日の神崎との会話を脳裏に思い浮かべていた。

――四月二十七日、桑原里美さんが、交通事故にあうでしょう。お願いですから、どうかその日だけはいつもの何倍も注意するように、桑原里美さんに呼びかけてください。

そんな常軌を逸した手紙を送ってくる人間など、陣内の今までの人生において、出会ったことがなかった。一体、どんな会話をすればいいのか。だが陣内の心配とは裏腹に、電話口から聞こえてきた神崎の声は、普通の、礼儀を知った大人のものだった。

神崎は、言った。

『――込み入った話なので、電話では申し上げにくいことなんです』

陣内は、神崎と会う約束を取り付けた。彼女は、自分は無職同然だから、いつでも時間は空いていると言う。だが陣内は一応『人気漫画家』だから、そうそう時間を自由に使うことはできなかった。神崎との面会には『スニヴィライゼイション』百四十三話のペン入れがすべて終了した今日が、数少ないチャンスだった。

百四十三話は、ハルシオンの事故を描いた百四十二話の後日談という形式を取った。ハルシオンが死んだことで、再び感情の機微を失ったチャイム。哀しみにくれる仲間達。ささやかなハルシオンの葬式。宇宙空間を流れてゆく花束。どうしようもなく陳腐で感傷的な風景。登場人物達が彼女の死を心から悼《いた》めば、ハルシオンの熱狂的なファンどもも少しは大人しくなるだろう、という計算があった。

そして、もしかしたらハルシオンの死は事故ではなかったのかもしれない、と想像させるシーンを挿入した。ハルシオンが乗っていた戦闘機の破片を検査した所、パーツの一部が何者かによって故意に破損されていたのだ。その〝新事実〟は思いつきで適当にでっちあげたものだが、まったくないよりマシだった。いずれそこから物語は広がるだろう。ハルシオン殺害犯をチャイムが追う、というミステリーの要素を盛り込めば原稿の枚数を稼げるし、なにより物語が盛り上がるのは間違いない。

早く、ハルシオンの死はこの物語にとって必要だった、ということを、自分勝手な読者どもに分からせなければならない。

ジャケットの内ポケットに触れる。手帳と水性ボールペンの感触を確かめる。こんなものでも、いざという時には護身用の武器になるだろう。

駅から二十分程歩いたところにある、マンションの一室に神崎は住んでいた。教えられた彼女の部屋は、二階の廊下の一番奥にあった。

神崎の部屋に向かおうとする途中、階段の踊り場で上から降りてきた一人の男と身体がぶつかった。髪はぼさぼさで無精髭《ぶしょうひげ》を生やし、お世辞にも清潔そうな印象は受けなかった。白いトレーナーを着て、青いジャージのようなズボンを穿《は》いている。小太りなその男は、右足を引きずるように歩いていた。

陣内は慌てて、すみません、と頭を下げた。だが男はそんな陣内のことなど空気のように無視して、階段を下っていった。

彼は不自由な右足をかばうように、手すりにもたれかかって歩いていた。一瞬、手を貸そうかと思ったが、こんな無愛想な男にそんなことをしても、余計なお世話だと一蹴されるだけだと思い、止《や》めておいた。

さして迷うことなく、すぐに神崎の部屋は見つかった。

彼女の部屋のドア。インターホンを押すのに、若干の躊躇《ちゅうちょ》があった。里美のことがあるとはいえ、こんな素性の分からない読者に、どうして自分は面会しようなどと思ったのだろうか。こうして彼女の部屋の前に立つと、改めてそんな思いが脳裏に浮かぶ。

ここで引き返すこともできる。だが、そんな迷いとは裏腹に、陣内の指はインターホンを押していた。室内にチャイムが響く音の後、すぐにドアは開かれた。

こちらに頭を下げる、中年の婦人。ショートの髪に、質素だが小綺麗な服装。電話から受けた印象と同じで、あんな常軌を逸した手紙を送りつける人物には思えなかった。

そして、昔どこかで会ったような気がした。

陣内は、和室の部屋に通された。箪笥《たんす》と仏壇とテーブルしかない、シンプルな部屋だった。掃除が行き届いて、ほこり一つ落ちていない。窓からは日光が差し込んで室内を明るく照らしている。仏壇があるといっても、陰気な印象は受けなかった。すぐに緑茶と茶菓子が運ばれてくる。お構いなく、と事務的に言った後、神崎が手に持っている一冊のファイルのようなものに気がついた。

神崎はファイルを床に置き、陣内の正面に腰を下ろした。

「お一人で、住まわれているんですか？」

はい、と神崎はうなずいた。

「前は、夫と娘の三人で暮らしていたんですけど。夫とはいろいろとあって、離婚しました」

「娘さんは、ご結婚されたんですか？」

その問いに彼女は、首を横に振った。

「亡くなりました」

思わず、仏壇を見やった。

「――すいません」

「いいんです、もう何年も前のことですから」

「それで、あの――この手紙のことなんですけど」

陣内はポケットから、恐る恐る神崎が送りつけた手紙を取り出した。皺《しわ》は前もって丁寧に伸ばしてきた。

「ごめんなさい。ほかに方法が思い浮かばなかったもので」

「どういうことなんですか？　どうして四月二十五日の消印が押されているんですか？　どうして――」

彼女に言いたいことが多すぎて、なにから話せばいいのか分からなかった。

「陣内さん」

神崎は、陣内を見た。ほんの少し、強《こわ》ばった表情だった。その視線に、陣内は気圧《けお》された。

「こんなこと言っても、信用してもらえないかもしれないんですけど――。私には、分かるんです」

「なにが、ですか？」

神崎は、わずかにこちらに顔を近づけ、言った。

「人の、死が」

空気が歪んだ。彼女の影が揺らいだ。

――ように陣内には思えた。

「じゃあ、この手紙は、あなたが――僕の婚約者の死を予知して書いたものだと言うのですか？」

「そうです」

「――馬鹿な」

陣内は思わず呟いた。だが、神崎は、陣内の動揺などどこ吹く風、といった面持《おもも》ちで、

「皆さん、そう仰《おっしゃ》います。だから私は、この能力をひた隠しに隠して、ひっそりと生活してきました。だけど昔は、そうではありませんでした」

そう言って、彼女は持っていたファイルのようなものを陣内に手渡した。

陣内はページを開いた。それはスクラップブックだった。色あせた記事の切り抜きが貼り付けられている。紙名や、年月日は分からない。記事本文の切り抜きのみの、シンプルなものだ。全体的に黄ばんでいて、何年も前のものであることがうかがえる。

『民家に強盗か――家族三名死亡
　今朝、東京都港区の大沼研二さん（42）宅にて、研二さん、妻の好子さん（39）、娘の洋子さん（13）が倒れているのが、訪ねて来た隣家の住人によって発見された。三人とも刃物で刺された痕跡《こんせき》があり、すでに死亡していた。死因は失血死とみられる。家の中が荒らされた形跡があることから、警察では強盗の可能性が高いとして捜査を進めている』

『またも海での事故
　神奈川県茅ヶ崎《ちさき》市の海岸で、高校生、高窪《たかくぼ》亜紀さん（17）が溺《おぼ》れて亡くなった。高窪さんは高校の友人らと共に海水浴に来ていたという。今年の夏の海での死亡者は、今回の事故を含め二二名にのぼる』

『予知能力者は存在する？

　今、巷《ちまた》では新たな都市伝説が囁かれている。若い女性の予知能力者が、殺人事件や事故死をぴたりと言い当てているというのだ。

数ヶ月前、東京都港区で押し入った強盗に一家三人が惨殺されるという痛ましい事件が起こった。なんとその事件を予告していた人物がいたという情報が、とある筋から入ってきた。

若い女性の声で、最寄りの警察署に通報があったという。今日の夜、どこそこの民家に強盗が侵入し、一家が全員惨殺されると。

警察はその通報を相手にせず、よくある悪質な悪戯として処理した。「私は未来が見えるんです」それが彼女の言い分だった。勿論、そんなことを信じる者は誰一人としていなかった。

「自らが予知能力者だという通報の内容もそうだが、電話をかけてきた女性の口調が、あまりにも稚拙《ちせつ》で幼かったのが、悪戯で処理された原因」と関係者は語る。

だが結果として事件は起こった。その電話はもしかしたら真犯人からの犯行予告だったのかもしれない。犯行が分かっていたのに、なんの手も打たなかった警察関係者が何らかの処分を受けることは必至であろう。

だが、その〝予知能力者〟が関わる事件は、なんとそれだけではないのだ。

先日、茅ヶ崎市の海岸で、女子高生が溺れて亡くなる事故が起こった。その事故そのものにはなんの疑いももたれてはいない。毎年夏になると必ず起こる水の事故の一つだった。

しかし、その事故を予知した通報があった。茅ヶ崎警察署に、やはり女性の声で、海で溺れる者が出るから注意しろという電話が入った。声の口調なども含め、港区で起こった事件の通報者と一致すると思われた。

その電話では、海で溺れる女性の氏名までも指摘していた。事実、その日の夕方、同姓同名の女性の溺死体《できしたい》が海から上がったのだ。「思わず背筋が凍った」と関係者は語った。

我々は海で溺れて亡くなった女性の身辺を取材した。すると電話をかけてきた〝予知能力者〟の女性は、簡単に見つかった。彼女達は高校の同級生だったのだ。

当初、彼女も海水浴に同行する予定だった。友人の溺死を〝予知〟した彼女は、海水浴の中止を強く訴えたが、聞き入れられることはなかった。それが原因で親友達のグループとも不仲になってしまったという。当初の予定の、彼女を除いた全員が海水浴に出かけた。そして彼女の予知通り一人が溺死した。

我々は彼女とコンタクトをとることに成功した。彼女は、絶対に名前を出さないということを条件に我々の取材を快諾した。

か？


——今の、気持ちを聞かせてもらえますか？

「辛《つら》いです。みんな、私の所為《せい》で彼女が溺れ死んだと噂しています」

——周囲の人達は、あなたが予知能力を持っていることを知っているのですか？

「私の口からこの能力を話すのは今回が初めてです。だけど、私がどこかおかしい女だということは、みんなが知ることになってしまいました。彼女は私の大切な友達でした。その友達の死を予知してしまって、私は無我夢中でした。なんとしても彼女が海水浴に出かけるのを阻止しなければならない——。考え得るありとあらゆる手段を取りました。でも、失敗しました。彼女や周囲の人達との間に築いた信頼関係がこわれたばかりか、結局彼女を救うことができなかった」

——あなたの予知した通りになったんですね。

「はい——。もう私この街にはいられません」

——あなたは自分の能力に、いつ頃気付いたのですか？

「物心ついた時からです。だから人の死を予知できることは、みんなが持っている当たり前の能力だと私は思っていたんです。でも、違った。予知の内容を口にする度、両親は口をすっぱくして、そんな縁起でもないことを言うんじゃありません、と私をとがめました。次第に私は気付きました。これは私だけが持っている特別な能力なんだって」

――あなたは他人の死を、どんなふうに予知できるんですか？

「映像として頭に浮かぶんです。それは周囲の人達にとってはほんの一瞬のできごとだけど、私にはとても長い時間のように感じます。まるで映画みたいに――その人が死に至るまでの経緯が物語のように頭に浮かぶんです。その人の死に関わってくる人々の行動も、名前や、バックボーンと共に」

――その人の死に関わってくる人々とは？

「その死に少なからず関係してくる人々です。例えば殺人だったら、犯人とか、そうでなくとも強く殺意を抱いている人とか。でも、殺される人がその殺意に気付いていないと、予知することはできません。もし殺される人が犯人のことを以前から知っていて、またその殺意に気付いていた場合には、犯人が殺意を抱くようになる経緯まで私は知ることができます。でも通り魔的な犯行の場合や、その人が自分に対して殺意を抱いていることに気付かない場合は、犯人のことは予知できません」

――あなたは数ヶ月前に、港区で一家三人が惨殺された事件の時にも、警察に通報しましたね。

「──はい。あの家族は強盗に殺されました。勿論、家族とはなんの面識もない男です。だから私はその強盗の男が犯行に至るまでの経緯を知ることはできませんでした。でも、警察に電話なんかしたのは、それが初めてでした。信じてもらえないのは、分かっていたけれど。その子は中学の後輩だったんです。なんとか救ってあげたくて──でも、やっぱりだめでした」

──どうしてあなただけに、そんな能力が宿ったと？

「わたしには、分かりません。好きで授かったわけではは、ありませんから」

最後に彼女は、我々に対して、ある死を予知してくれた。

「この間、高校を卒業した先輩達と偶然街で会いました。就職した人もいれば、大学生になった人もいます。その中の一人の男性の死を、私は予知してしまったんです。その日は休日で、彼はスクーターに乗っています。高校時代にバイトで貯めたお金で買ったものです。もう何年も乗ったから新しいのを買おうかと考えています。今度の彼女の誕生日にはなにを買おうか、そんなことを考えながら交差点を真っ直ぐ進もうとします。右手からトラックが走ってきます。運転しているのは中年の男性です。トラックは左折します。丁度、スクーターがやってきたところです。お互いが注意していれば、決して事故など起こらなかったでしょう。でも、一瞬の反応の遅れが命取りになった。スクーターはトラックと接触してしまいました。その弾みで彼はトラックの前輪に巻き込まれて――。死ぬ瞬間は大方そんな所です。もっと遡《さかのぼ》って聞きたいですか？　でも私が予知した光景をすべてお話しするには、とても一回のインタビューでは足りないでしょう」

その彼女の〝予言〟が事実かどうか、この原稿を執筆している現時点では分からない』

『トラックに轢《ひ》かれ大学生死亡

神奈川県海老名《えびな》市の交差点でスクーターとトラックが接触し、スクーターを運転していた大学生佐藤正樹さん（21）が亡くなった。警察では業務上過失致死の疑いでトラックを運転していた長島明人容疑者（39）を逮捕し、詳しい状況について説明を求めている』

そこまで読んで、陣内はスクラップブックから顔を上げた。神崎の顔を見やる。目が合うと、彼女はさりげなく視線を逸らした。

陣内はスクラップブックをめくっていった。ありふれた事件や事故の記事が延々と続いている。一見、なんの脈絡もなく事件事故の記事をスクラップしているように見える。だが、いずれの記事も死亡者が出たことを報じているものだった。

陣内が読んだ四つの記事の切り抜き――。一つ目と二つ目、そして四つ目は新聞記事からの切り抜きのようだった。だが三つ目だけが少々毛色が違う。

「この三番目の記事は、新聞記事ではないですよね」

ええ、と神崎はうなずいた。

「その方面のマニア向けの、怪しげなオカルト雑誌です。なにせ、私のインタビューが載った予知能力の特集の後に、UFO特集が組まれていたぐらいですから。どんな雑誌か、想像つかれるでしょう？　雑誌の取材を受けたのは後にも先にもこれ一度きりです。なぜそんな取材を受けてしまったのか、今でも分かりません。きっと、混乱して自棄《やけ》になっていたのだと思います。その雑誌が発売された時、すでに私達家族は住み慣れた町を離れていました。両親は私に対して優しくしてくれましたが、心の底では娘を怪物扱いしているのではないかという疑問が終始頭を離れませんでした。私は、社会人になると、すぐに一人暮らしを始めて、親元を離れました」

「それからずっと、予知した事件や事故を、こうやってスクラップしているんですか?」

「ええ。どうせなにもできないのなら、その代わりと言ったらいいのか。でも、すべてではありません。記事を見落としたのもあるでしょうし、飛行機事故や、高速道路で起きた自動車事故などは、あまりにも死傷者が多すぎて、とてもそんなことには気が回りませんでした。恐ろしくなったんです。私はただ、布団の中で泣いていました」

「じゃあ、里美の記事は——?」

陣内は思わず呟くように言った。

神崎は頷いた。

「あなたの婚約者がお亡くなりになった事故も、きちんとスクラップしています」

陣内は、静かにスクラップブックを閉じた。

神崎が予知した事件事故の記事を見せられても、陣内が彼女の〝予知〟に対して抱いている、半信半疑の気持ちは変わらなかった。

「あなたの言うことが本当だとしましょう。だったら、どうして隠したままにしなかったんです? こうやって、あなたの『能力』とやらをひけらかすようなことを、どうしてするんです?」

「抑えきれなかったんです、衝動的な気持ちが。桑原里美さんの事故を、ニュースで見ました。やっぱり、防ぐことはできなかったんですね」

「やっぱり?」

神崎はこくりとうなずく。

「私は今まで、死を予知した人々を救おうと努力しました。警告したんです。あの高速道路には行かないように、あの飛行機には乗らないように、その日はずっと家にいなさいって。でもみんなそれに従わなかった。そして、死んでいった。海水浴に行って溺れ死んだ友達もそうです。他人の死を予知できる私の噂はたちどころに町内に広まりました。あいつはどうかしているって、そう皆で悪口を言い立てました。あげくの果てには、私がその女友達を殺したって——。だから私はこの能力を使わないように努力しました。でも、自分の意志ではどうしようもできません。毎日毎日、人の死が私の頭の中になだれ込んできます。沢山の人々の痛み、苦しみ、叫び声——」

——里美。

黒こげになった里美の遺体、その匂い、その熱。そして、自分の慟哭を、陣内はまざまざと思い出した。ハルシオンの死の際にチャイムが発した慟哭は、紛れもなく陣内のものだった。

　漫画では、ハルシオンの遺体は回収不能だったという設定にした。あんな惨《むご》たらしい遺体を自分が描くなど、想像を絶する行為だった。

　無視しようと努めても、決して脳裏から消え去ることのない風景。生涯、自分はこの光景を忘れることができないだろう、そう陣内は思う。

「だけど、私は、そのことを周囲の人に告げようとはしませんでした。そんなことをしても無駄だということを、過去の経験は教えてくれました。私は予知の内容を、自分一人の胸に秘めたままにします。そして、その後、新聞やテレビのニュースで予知が的中したことを確認するんです」

「今も神崎さんは、誰かの死を感じているんですか？」

　動揺を押し隠すように、陣内はたずねた。

　いいえ、と神崎は首を振る。

「今は、具合がいいみたい。きっと、今ここには私と陣内さんしかいないからです」

「どういうことです？」

「もし、陣内さんが死ぬ運命にあるのならば、私は、すぐにそれを予知できます。今はなにも感じません。だから陣内さんの死期は、まだです」

「でも、人はみな死にますよ。事故や病気とは無縁の人でも、寿命が来れば。僕の婚約者の死は予知できたのに、僕が何歳で死ぬのか、どうして分からないんですか？」

彼女に対する警戒心が言わせた質問だった。神崎の言うことに対して、次から次へと揚げ足を取り、追及すればぼろを出すかもしれない。いくら神崎の初対面の印象が良かったと言っても、彼女が『予知能力者』を自称する胡散《うさん》臭い人間であることには変わりないのだ。

「私の能力は、そんな未来まで見通せないんです。せいぜい、五日後が限度です」

「じゃあ、仮に僕が明日死ぬ運命にあったとしたら、神崎さんはそれがすぐに分かるんですね」

冗談めいた質問だった。だが、その問いかけにも神崎は真顔で、うなずく。

「でも、あなたは、桑原里美の死を予知した。しかも、日時や、交通事故で死ぬということも」

「――はい」

申し訳なさそうに、神崎はうつむく。まるで自分のせいで里美が死んだと言わんばかりだ。

「何故《なぜ》です？　あなたは里美と会ったことなんかないだろうに」

「分かってしまったんです、あなたを通じて」

「僕を？」

神崎は、陣内を見据え、言った。

「覚えて、いませんか？　私のこと」

その言葉で――。

記憶が溶ける。神崎の影が揺らぐ。

やはり――。

さっき玄関先ではじめて彼女と対面した時、陣内は思ったのだ。彼女と、昔、どこかで会ったことがあると。だがそれが、いつ、どこでなのかが思い出せず――。

「サイン会です」

「え？」

「私、あなたのサイン会に出かけたんですよ。ほら、先月、新宿で」

――ああ。

正直、拍子抜けした。

神崎の思わせぶりな言葉、そしてその雰囲気。ひょっとしたら、彼女は自分の、昔の知人の一人かもしれないと一瞬思った。だが、とんだ邪推だったようだ。

先月、陣内は『スニヴィライゼイション』の最新単行本発売を記念して、新宿の書店でサイン会を行った。あの頃は、まだ里美もハルシオンも生きていて、ファンも優しかった。たった一月ほど前の思い出が、陣内にはまるで何十年も昔の出来事のように感じられる。

「そうですか。ごめんなさい、サイン会に来た人の顔を全部覚えているわけじゃないんで。そういえば、神崎さん、僕の作品読まれてるんですよね」

「私みたいなおばさんがファンだと、ご迷惑ですか？」

「いいえ、とんでもない。ありがたいことです」

「こちらへ、来てくれますか？」

そう言って、彼女は立ち上がりふすまを開けた。

神崎に案内されるがままに、陣内はふすまの向こうの部屋に足を踏み入れる。

そこには――。

目を見張った。

壁一面を占めているスチール製の本棚。その一段は『スニヴィライゼイション』全巻が鎮座している。その他の段は、デビュー当時に描いていた作品を集めた短編集や『スニヴィライゼイション』の関連本。残った段は、すべて『インターナル』が納められていた。『スニヴィライゼイション』が掲載してある号だ、と直感的に思った。

スチール製の本棚は、本を二冊、後ろと手前に置けるほど奥行きがあった。一番手前に陣内の漫画本が並べられていたので、後ろになんの本があるのかは分からなかった。

壁のあちらこちらに『スニヴィライゼイション』のポスターが、きちんと額縁に入れられ飾られている。そして本棚に立て掛けるように置かれているのは、プロモーション用に作ったハルシオンの抱き枕だった。非売品だというのに、一体、どこで手に入れたのか。

「あなたの、ファンなんです」

と神崎は言った。

「だから、サイン会にも行きました。あなたが載った雑誌や、新聞も、すべてスクラップブックに保存してあるんです」

彼女がそう言っているのなら、恐らくそれは本当なのだろう。そして不安が、燻《くすぶ》ってゆく。もしかしたら、神崎は自分を家に呼びつけるために、あんな手紙を出したのではないだろうか。そして、彼女は陣内を部屋に監禁して、こう言うのだ。

——私のために『スニヴィライゼイション』を描きなさい。死んだハルシオンを、私のために生き返らせなさい――。

まるでスティーブン・キングの某有名長編まがいの妄想だった。

本棚の隣のデスクには、パソコンがあった。

「このパソコン、なにに使われているんですか？」

「ああ、これ――。こんなもの、私みたいな人間には無用の長物だと思ってたんですけど、使ってみると便利なんですよ、陣内さんの作品のコレクターにとっては」

ピンときた。

「インターネットのオークションですか？」

「そうです――。良く分かりましたね」

「はやってますからね、最近。僕の友達でもやっている奴いっぱいいますよ」

「ええ、面白いですよ。最初はとっつきにくかったんですけれど、慣れてしまえば簡単です」

「でも僕の漫画に関する商品なんてあるんですか？」

「ありますよ。何百件も。やっぱり陣内さんは人気がある作家先生ですから、オークション終了時間が近くなると、どんどん値段が上がって行きます。私も夢中になってしまって、競り落としたのはいいんですけど、気付くと値段が何万円にも跳ね上がっていて、結構お金を使ってしまいました。オークションでの私のハンドル名『z_fan』っていうんですよ。陣内作品の愛読者っていう意味なんです」

嬉々《きき》と話す神崎の声を耳にしながら、陣内は薄ら寒いものを感じてしまった。自分より一回り、いや二回りも離れたいい大人が、こんな言い方をするのは気が引けるが——漫画などに夢中になって。インターネットでグッズを集め、しかもユーザー名を『陣内作品の愛読者』とつけるなんて、相当なものだ。

自分を家に呼びつけるために、あの手紙をなんらかのトリックを使って作ったという可能性は一層濃くなった。いくら大ファンでも、まさか取って食うことはしないだろうが。

「でも、初めてですよ。神崎さんみたいな年輩の方が、僕の漫画を読んでくれているなんて——」

その言葉に、神崎は、うつむき、小さく笑った。

「陣内さんのようにお若い方から見れば、四十八歳の私なんて、もう『年輩の方』なんですね」

「四十八ですか？　お若いから、まだ三十代だと思いました」

冗談言わないでください、と苦笑しながら神崎は言った。

不思議な女性だった。まるで少女がそのまま歳《とし》を重ねたような、そんな雰囲気を醸《かも》し出していた。

この小さな部屋で、自分の漫画を読みながら暮らす少女のような婦人――。酷《ひど》く浮き世離れした、まるで異空間のような風景。

「お仕事は、なにをされているんですか?」

質素な住まいだが、漫画という趣味に金をつぎ込めるだけの余裕はある。四十八歳で年金生活というのも考えがたい。平日の昼間から、こうやって陣内の面会を受け入れることができるのだから、かなり自由に時間を使える身分だろう。

「今は、無職です。この間、ずっと勤めてきたパートの仕事を辞めたばかりなんです。選ばなければ仕事は他にもあるんですが、私は昔、心臓の手術して、今でも月に一度大学病院に検査に通っているんです。日常生活にはなんの不都合もないんですけど、やはり心臓ですから。一級の障害者手帳を持っています。国から少なくない扶助《ふじょ》を受けられるし、第一、私はずっと一人暮らしです。生活費と、漫画を買うお金ぐらいありますす。パートの収入はほとんど貯金してあるし――ところで、あのサイン会の当日、桑原里美さんも、あの会場にいましたよね」

「ええ――」

「桑原里美さん――。もし、ハルシオンが現実に存在するなら、きっとあんな人なんだろうな、と思いました」

心臓を鷲掴《わしづか》みにされたような気がした。

「――偶然です」

ハルシオンは、里美がモデルだった。原型のハルシオンは少し違うのだが、陣内が描く『スニヴィライゼイション』用に修正するにあたって、里美のイメージを彼女に注入したことは事実だった。勿論、これは自分だけの秘密だ。立花にも、アシスタントの連中にも教えていない。だが立花も、アシスタントも、それ以外の友人知人も、ハルシオンと里美が似ているなどと言い出す者は一人もいなかった。それどころか、里美本人でさえ。

当然だ。現実とコミックはまったく別物なのだ。劇画のようにリアルなタッチならともかく、陣内の描くキャラクターは、どちらかといえばアニメ的な部類に入るだろう。現実の人間をモデルにして描こうとも、そうそう元のモデルが分かるはずがない。言われなければの話だが。

だが神崎はそれを指摘した。それも能力の一部なのか？　それとも、ただ何気なく口にしただけなのか――。

「私、陣内さんに握手してもらったんですよ」

「そうでしたっけ？」

「覚えていませんか？」

「はい、すいません」

神崎は、まるで少女のように笑った。

「仕方ないですよね。陣内さんは人気漫画家なんですから。あのサイン会には、沢山のファンの方たちがいました。一人一人の顔なんて、一々覚えていられませんよね」

それは、事実だった。

「でも――。私は、感じた」

神崎の表情が、真摯なものに変わって行く。

「あなたの側に立って、微笑《ほほえ》ましくサイン会の進行を見守っている女性から、未来の記憶が、波のように私の中になだれ込んで来た――」

神崎は心ここにあらずといった面持ちで、ぽつりぽつりと、話し続ける。

「陣内さんの、哀《かな》しみ、叫び声、炎上する車。その事故を伝えるニュース映像――。すべてが、一瞬のうちに、記憶として私に伝わりました。それは未来の光景でしたけれど、私にとっては必ず起こりうる景色でした」

真っ黒に炭化した、里美の身体。

それも神崎は予知したのだろうか？

「その時、分かったんですか？　交通事故で死ぬのは彼女だということを――？」

神崎は、こくりとうなずく。

「交通事故で死ぬ女性。名前も人となりも、私は予知しました。そして、あなたとの関係も」

「だったらッ」

陣内は吐き出すように言った。

「だったら、その時、僕に教えてくれても良かったじゃないか。里美が事故で死ぬってこと――」

理不尽な言い方だったのは、わかっていた。だが、言わずにはいられなかった。やり切れない思いがさせた言動だった。

「もし私が、その時、近い将来、里美さんが交通事故で亡くなることを陣内さんに教えたとして――。陣内さんは、その言葉を信じましたか？」

陣内は、小さな声で、答えた。

「――信じなかったでしょうね」

それどころか、神崎を変質者として警察に突き出していたかもしれない。

「それに、私の予知は、絶対なんです。一度、その人の死を予知したら——もうどんな方法を使っても、それをくい止める手段はありません。私も手をこまねいていた訳ではないんです。運命に対して抵抗を試みました。だけど、今まで一度だって運命を逃れた人はいないんです」

それはそうだろう、と陣内は思う。今はまだ辛うじて神崎の話について行ける。それは里美が死んだという歴然とした事実が、あるからだ。もしこれが里美が死ぬ以前だったら、神崎のような女の言うことなど、とても信じられなかったことだろう。

勿論、今だって、この彼女の言うことを全面的に信用している訳では決してないのだが。

「じゃあ、どうしてあの手紙を僕に送って来たんですか？」

四月二十七日、桑原里美さんが、交通事故にあうでしょう。

「それは——」

神崎は遠くを見つめるような目をして、答えた。

「あのサイン会で、あなたと、桑原里美さんが、とても幸せそうだったからです」

「——馬鹿な」

そう吐き捨てるしかなかった。

「本当です。でも、私は、その時は、見て見ぬ振りをして帰りました。信じてもらえないことは、分かり切っていましたから」

「でも、あなたは、結局、あの手紙を僕の元へ送った」

「耐えられなかったんです。たとえ無駄でも、なにか行動を起こしたかった。私は、あなたのファンなんです。だから——。里美さんの事故を、どうあなたに伝えようかと考えました。あなたの住所や、電話番号は分かりませんでした。有名人ですから、公開しないようにしてるんでしょう。あなたにメッセージを送る方法は、出版社の編集部を通してしかありません」

「それで、あの手紙を出したんですか」

神崎は、こくりと頷いた。

「でも、桑原里美さんは、亡くなった」

「はい。僕にはどうすることもできなかった——」

「私の手紙を、悪戯だと一蹴して、桑原里美さんに注意をうながさなかったんですか？」

「悪戯だと思ったのは事実です。でも僕があなたの手紙を読んだのは、里美が死んだ後だったんです」

もし、里美が死ぬ四月二十七日以前にあの手紙を読んだとしても、自分は、その手紙を信じ、里美が死なないように、なんらかの手段をとっただろうか？　疑わしいと思う。悪戯だと一蹴し、ゴミと一緒に捨てるのがオチだろう。

神崎は、哀しそうに目を細めた。

「そうなんですか。陣内さんはお忙しい身だし、きっとファンレターは毎日沢山届くから、私の手紙なんて読んでる暇はなかったのですね。陣内さん、今でも悪戯だと思ってますか？」

陣内はしばらく考え込み、正直に答えた。

「わかりません。あなたの話を裏づけるものは、消印だけだから」

「――信じてくれとは言いません」

そう神崎は、独り言のようにつぶやく。

「担当編集者の立花という男は、きっとなんらかのトリックを使ったのだろう、と言っています。あなたの予言を証明するものは、消印だけだから」

「どんなトリックを使ったのか、私の方こそ教えて欲しいぐらいです」

――まったくだ。

「所で、ぜんぜん違う話なんですが」

と神崎が言った。

「はい」

「ハルシオンが、死にましたね」

予知能力者であろうと、他のなんであろうと、やはり彼女も自分の漫画の一ファンなのだ。改めて陣内はそう思った。

「——残念ですか?」

「それは、確かに少し寂しかったけれど、物語を進めるために必要なものだと陣内さんが判断されたのだから、仕方のないことなんでしょう」

神崎のように物わかりのいいファンばかりなら楽なのに、と陣内は思う。

「神崎さん、どこで僕の漫画を知ったんですか?」

「私のような年寄りが読者では、迷惑ですか?」

「いや、そんなこと言ってないですよ。でも僕の漫画の読者の最高齢記録、神崎さんが更新しましたよ。若者向けのあんな漫画雑誌を、神崎さんのような女性が読んでるなんて、ちょっと意外だったんです」

神崎は、苦笑しながら、こう言った。

「死んだ、娘がファンだったんです」

夕食を食べていかないかと勧める彼女の誘いを丁寧に断り、神崎宅を後にした。彼女が差し出す色紙にサインをすることも忘れなかった。三枚も書かされた。断ることもできたが、今さらそんなことはできなかった。三枚の色紙に、それぞれ、サインと共にハルシオンとチャイムとフォーエバーの簡単なラフスケッチを描いた。

次に誰かの死を予知したら、真っ先に自分に教えてくれと言い残すことも忘れなかった。悪戯であれ、なんであれ、万が一、神崎の予知能力が本物だとしても、判断するためには、もう少しサンプル数を増やしたかった。

神崎は、もう五十代に手が届く年齢だ。しかし黒々とした髪や、皺《しわ》の目立たない艶《つや》やかな肌は、仮に『陣内の姉』だと人に紹介しても、違和感のないものだった。

正直、陣内は拍子抜けしていた。あんな手紙を送りつける人物だ。きっと想像を絶する、常識では測ることのできない異常な人間に違いない、とここを訪れる前は思っていた。立花の言うとおり、あの手紙はなんらかのトリックで作られたもので、陣内を誘き寄せるための餌《えさ》だという可能性は否定できないのだ。

だがそんな考えとは裏腹に、あまりにも神崎は普通の女性で、そして何事もなく時間が過ぎていった。

神崎。

――予言。

里美の死を予知した女――。

陣内には、分からなかった。なにもかもが。

＊

三橋の自宅。母親は朝からいない。帰りは夜になるという。女友達を連れ込むには最適のシチュエーションだった。

「痛い、痛いよ――」

眉間《みけん》に皺を寄せた千夏がわめいた。目頭には涙がたまっている。だが三橋は構わずに腰を動かし続けた。

「痛いってッ」

千夏が強く三橋の肩を押し、身をよじった。その弾みで二人の身体は離れてしまう。

「じっとしてろッ」

そう吐き捨て、千夏をベッドに押し倒す。だが痛がる千夏の反応に萎《な》え始めた性器は、なかなか彼女の中に入っていこうとしなかった。二度、三度、チャレンジするうちに、興奮は急角度で下がって行き、代わりに焦りがピークに達していく。さっきまで勃起していた性器は見る見る内に縮んでゆく。

「ちょっと休憩させて、お願い」

と千夏は言った。大げさにため息をついて、三橋はベッドに横になり天井を見上げた。

彼は回想する――。千夏と三橋は、初めてセックスした時、お互い処女と童貞同士だった。つきあい始めて二ヶ月でラブホテルに入った。だが、初めての経験に緊張した三橋は、挿入可能にまで勃起せず、男を知らない千夏の性器は固く、三橋の侵入を拒んでいた。結局その日は、裸でお互いの身体をまさぐりながら時間を過ごした。セックスできたのは、そんな稚拙な恋愛を、三、四回ほど繰り返してからだった。初めて千夏と結ばれた夜、彼女は泣き叫び、シーツは血だらけになった。

――それから更に二ヶ月。

出血するようなことはなくなったが、それでも千夏とのセックスは快楽とは程遠いものだった。

指を入れようとするとベッドから飛び下りて部屋中を逃げ回り、クリトリスをいじっても痛いと泣きわめく。前戯がそうなのだから、本番など惨憺《さんたん》たるありさまだった。三橋は、千夏とのセックスで射精したことがなかった。最後はいつも千夏に手でしごかせて終わっていた。

——惨めだった。

千夏からデートの誘いの電話がかかってきた時、三橋は『スニヴィライゼイション』の同人誌を読みながらマスターベーションにふけっていた。二人の男に犯され、次から次へとオルガスムスに襲われ悶絶《もんぜつ》するハルシオン——。あの夢のようなひと時に比べれば、現実のこのセックスは、あまりにもつまらない、ちっぽけなものだった。千夏にしても、目も当てられないというほどブスでもないが、ハルシオンのような美人からは縁遠い女だ。

自分だってそうだ。それなりにファッションや身だしなみには気を遣っているつもりだが、金はすべて漫画やアニメやゲームにつぎ込んでいるので、今一つあか抜けない感じは否めない。

——お前は色に譬《たと》えるなら、黄土色《おうどいろ》だ。そんなお前でもつきあってくれる女がいるなら、その人に感謝するべきだ。お前には選《え》り好みできる資格はないんだよ。

その、高校時代の同級生の言葉が脳裏にまざまざと蘇る。

――馬鹿にしやがって。

俺が黄土色なら、さしずめ千夏はネズミ色か？

馬鹿にしやがって、馬鹿にしやがって、馬鹿にしやがって――。

「なに、考えているの？」

ネズミ色の女が、能天気な笑顔で問いかけてきた。お似合いのカップルだ、自分と彼女は。

「ハルシオンが死んだ――」

そうつぶやいた。

ハルシオンが死ぬ百四十二話が掲載された『インターナル』を読んだ日、三橋は動転し、数少ない友達に携帯電話やメールでその衝撃を伝えまくった。もちろん千夏にも。それは数日間続いたが、千夏同様、ハルシオンの死に理解ある人間など皆無だった。

「もう、まだ言ってるの？　しつこいよ。それに私がいるのに、そんなマンガの女なんかに夢中にならないでよ」

「なにぃ？」

キッ、と千夏をにらみつけた。

「怖いよぉ。なんなのよぉ」

千夏のような不細工な女に、そんな台詞《せりふ》を言う資格はない。ハルシオンが特上の女だったら、千夏など下の下のそのまた下だ。

この哀しみを分かってくれるのは、インターネットのホームページで見つけた仲間だけだ。『スニヴィライゼイション』のファンが作ったホームページだった。その人気投票でも、ハルシオンは二位のチャイムを大差で引き離し、一位だった。そのハルシオンが、死んだのだ。

百四十二話が世に出た後、そのホームページには書き込みが殺到した。主に著者の陣内龍二を誹謗《ひぼう》中傷するものが多かった。もちろん三橋も、挙《こぞ》ってそれに参加した。

死ね、陣内。死んでしまえ。

「ちくしょう――」

吐き出すように、つぶやいた。

「なによ、なんなのよ？」

千夏が訝《いぶか》しそうに言った。

彼女とセックスする時、常に三橋はこう思っていた。俺は千夏とセックスしているんじゃない。ハルシオンとセックスしているんだ。ハルシオンだ、俺は今ハルシオンとしているんだ——。

だが泣き喚《わめ》く千夏の声が、その肥満気味の体が、三橋の幻想を打ち砕いた。そんな色気のない彼女に対して、勃起させるだけでも一苦労なのに、感じさせるなどどだい無理な所行だった。

背後から、千夏の胸を揉《も》みしだいた。同人誌の中のハルシオンは、それで喘ぎまくった。

しかし千夏は——。

「きゃはははははあッ。くすぐったぁいぃ」

やかましくわめきながら、ベッドの上を転がった。

三橋は構わずに続けた。

「くすぐったいって言ってるでしょうッ」

千夏のひじが三橋の顔面を直撃した。三橋はのけぞり、ベッドに頭から倒れた。

「ああ、ごめん。大丈夫?」

痺《しび》れるような痛み。鼻に手をやると、血が出ていた。

「あーあ。鼻血出てるよぉ」

千夏はベッドサイドに置かれているボックスティッシュから、ティッシュペーパーを一枚取り、丸め、勝手に三橋の鼻の中に突っ込んだ。

「ああ、駄目駄目、動かないでぇ」

逃れようと頭を動かす三橋などお構いなしに、千夏は鼻の奥へ奥へティッシュを押し込んで行く。

「はい、これでもうだいじょうぶ。でもエッチの最中に鼻血出すなんて、三橋君も相当血気盛んだね」

三橋が鼻血を出している理由は、千夏の全体重をかけたエルボー・ドロップが顔面に決まったからだ。しかし、そんなことなど端《はな》から忘れたように、千夏はけらけらと笑う。

むかむかとした三橋は、床に脱《ぬ》ぎ捨てられている千夏のストッキングを拾った。そして逃げないように、彼女の腕をしっかりとつかむ。

「やだ、ちょっとなにするつもり？」

「じっとしてろッ」

千夏の腕にストッキングを絡ませる。この間、インターネットで見つけた『スニヴイライゼイション』の同人小説の内容を三橋は思いだしていた。チャイムがハルシオンの腕を、彼女が穿《は》いていたストッキングでしばって犯しまくる内容だった。小説の中で、ハルシオンはその異常なセックスに感じまくり最後には失神した。その快楽をこの生意気な女にも与えてやる。

千夏は、三橋がなにをしようとしているのか悟ったかのように叫んだ。

「やだッ、変態ッ」

再び、千夏のエルボーが飛ぶ。三橋はすんでの所でかわす。千夏の肘《ひじ》は、鼻につめたティッシュをかすめる。その衝撃でティッシュが鼻から飛び出し、血がぼたぼたと垂れ、シーツを赤く染める。

「あーあ、なにしてるのよ。シーツ汚しちゃ駄目でしょ。まったく困った人ねー」

初めてセックスした時、千夏はこれとは比べ物にならないほどシーツを破瓜《はか》の血で汚した。だがそんなことは棚《たな》に上げたように、千夏はへらへらと笑うばかりだ。

千夏を感じさせるにはどうしたらいいのか考える。ベッドの上で千夏を征服したら、彼女も自分に対して敬意の念を抱かずにはいられないだろう。以前、インターネットの、アダルトグッズを扱っているホームページにアクセスしたことがある。アダルトビデオの中でしか見たことのないアイテムが、三橋にも気軽に買える値段で売られていた。多種多様なバイブレーターにローター。これで責め立てれば、たちどころに千夏は達するだろう。だがこんなものをセックスの時に使って、彼女に変態呼ばわりされないだろうか。

千夏――。スーパー『マルバヤシ』でのバイト仲間。お互い『スニヴィライゼイション』のファンだということで次第に親密になっていった。この不細工な女は、生意気にも同人誌制作に携わっていた。某漫画サークルの看板作家らしい。同人誌を読むことはあっても、作成に携わることは決してない三橋にとって、その事実は尊敬に値するものだった。

将来は、プロの漫画家を目指していて、自分の作品を『インターナル』の編集部に持ちこんだこともあるらしい。勿論、それでトントン拍子にデビューできるほど漫画業界は甘くはないが、しかし編集者から名刺と、激励の言葉を貰《もら》ったようだ。名刺を貰ったということは担当がついたということだ。なんの才能もない三橋にとっては、その事実は尊敬に値する。

だが、それ以外は――。

でも、贅沢《ぜいたく》は言えない。一年中、漫画やアニメにうつつを抜かしてる自分でも、人並みには早く童貞を捨てなければという焦りがあった。だから、誰でも良かったのだ。

女でさえあれば。お互いお似合いなら、それに越したことはないと考えるべきだ。

しかし、こんなセックスなら、『スニヴィライゼイション』の十八禁同人誌を読みながらする自慰のほうが、よっぽど快楽を味わうことができた。

「そんなにハルシオンが好きなのぉ？」

なにを分かり切ったことを、と思い三橋はその千夏の質問には答えなかった。

「私がハルシオンを生き返らせることができるかもしれないよ」

「馬鹿言うな」

「馬鹿ってなによ。本当だよ」

「そんなことが簡単にできるのなら、苦労はない。この間の回じゃ、ハルシオンの葬式まで出してたんだぞ」

「どうにでもなるよ、そんなもの。死体は発見されてないんだから、実は生きてたってことにすればいいじゃない」

「すれば、いいじゃないって、お前なぁ――。作者はお前じゃなくて、陣内龍二だぞ」

「私が陣内先生にお願いしてあげるよ」

「なに言ってるんだ、知り合いでもないくせに」

「だって、私、今度陣内先生のアシスタントになるんだよ」

「なにぃ？」

三橋は、そんなすっとんきょうな声を出した。

ふふふ、と千夏は微笑んだ。

＊

「昨日、神崎に会ってきた」

『そうですか。で、どうでした？』

「変な人だった。自分には予知の能力があって、人の死期を知ることができるって言ってた」

『そりゃそうでしょう。あんな手紙を出して、しかも予知能力者を気取っているぐらいですからね。変人に決まっている』

「いや、そういう意味じゃない。予知能力者にしては、平凡すぎる主婦だったよ」

『じゃあ、どこが変だったんです？』

「俺の漫画のファンだったんだ。変だろう？　見た目若かったけど、もう四十八歳っていうんだぜ」

『お世辞というか、社交辞令で言ってるんじゃないですか？　よくあることです』

「とてもそうだとは思えない。彼女の部屋には、単行本は勿論、グッズや、〝インターナル〟のバックナンバーも揃ってたんだ。四十八歳のおばさんがそこまで俺の漫画に夢中になるなんて変だろ？」

『いや、そんなことないすよ。僕の甥《おい》っ子、中学生なんですけど、その子が通ってる学校に、今でも〝ドラゴンボール〟の大ファンだっていう五十過ぎの女性の英語教師がいるんですって』

「懐かしいな。あの漫画って、どんなに強い悪者を退治しても、次から次へとそれをはるかに上回る強敵が現れるんだもんな。このパターンで永久に続くんだろうと思ってたんだけど、それももう昔か――」

『なんでも、当時小学生だった息子と一緒に観てるうちに好きになったっていう話ですよ。それで連載もテレビ放映も終わった今でも夢中なんだそうです。だから、その四十八歳の神崎という女が陣内さんの漫画のファンでも決しておかしくはないです』

「死んだ娘が俺の漫画のファンだって言ってた。娘の死も予知したって言うのかな」

『その神崎という女性の娘ですか？』

「ああ、詳しい話はしなかったけどね。夫とは離婚して、今は一人暮らしをしているらしい」

『じゃあ、その娘さんの形見だった〝スニヴィライゼイション〟の単行本を読んだ神崎さんが、陣内さんの作品のファンになってもおかしくないですよ。〝スニヴィライゼイション〟は〝ドラゴンボール〟に比べれば、大人向けというか、青年漫画してますよ。ちょっと歳行《とし》っている人が読んでも不思議じゃないでしょう』

「まあ、世の中にはいろんな人がいるからな」

『サインねだられたでしょう？』

「断りきれなくて、三枚も描いたよ」

『それはそれはご苦労さまです。でも三枚も描いてもらうなんて贅沢ですね』

「大方、大事に保管しておいて、金に困ったらオークションで売り飛ばす気だろう」

『オークション？』

「ああ、神崎はインターネットのオークションで〝スニヴィライゼイション〟のグッズを集めてるって言っていた。テレホンカードとか、Tシャツとか。登録してあるユーザー名はz_fan。陣内のファンっていう意味らしい」

『その神崎って女は、陣内さんの相当なファンみたいですね。もしかしたら、陣内さんを呼び出すために、あの手紙を送りつけたんじゃないですか？　大好きな漫画家先生に会ってみたい、ただその一心で』

「でも、消印の問題がある」

『そんなもの、どうにかして偽造したんですよ』

「正直、俺も不安だった。立花さんに言われなくたって、わかっているよ。だから用心は怠らなかった」

『それで、だいじょうぶだったんですか？　なにか、変な素振りとかは、なかったですか？』

「なかったよ。礼儀正しい人だった」

『それで、またその人と会うんですか？』

「誰かの死を予知したら、また教えてくれって言ったから、そのうちコンタクトをとってくるんじゃないかな」

『僕がとやかく言う資格はないと思いますけど、あんまり読者と会うのはどうかと思いますね。熱狂的なファンの中には、かなり狂信的なのもいますからね』

「分かってる」

「信じるか信じないかを教えてくれればいいんだよ」

細野は、考え込むような素振りを見せ、

「まあ、人間の運命なんて産まれて来た時から決まってると思いますけど、それが分かる人間がいるのかどうかは分かりませんね」

「人間の運命は産まれた時から決まっているのか？」

「そうですよ。当然でしょう？　現在は過去の要素の総和によって成り立っている。然《しか》るが故に未来は現在の要素の総和によって成り立つはずだ——。現在を分析すれば、未来を知ることなんて簡単だ」

陣内は鼻で笑った。

「屁理屈《へりくつ》だ」

「まあ、そうとも言いますけどね。でも、未来が予知できるとかいう連中、結構いますよね。アカシック・レコードからの信号を受信することができるとか、インドで自分の運命が書かれたアガスティアの葉っぱを見つけてきたとか。で、予知能力がどうかしたんですか？」

「いいや、なんでもない。ところで、彼女はまだ来ていないの？」

「ああ、千夏ちゃんか。まだですね。でもその内来るんじゃないですか。まだ約束の時間には少し早いし――」
石崎《いしざき》千夏。それが新しいアシスタントの名前だった。プロの漫画家を目指して、同人誌を作っているという。細野に紹介され、スタッフに招き入れることになった。

陣内は同人誌、というものが好きではなかった。オリジナル作品で勝手に描くなら別にかまわない。だが中には『スニヴィライゼイション』の設定とキャラクターを勝手に使って、自分の好みのストーリーを作る輩《やから》も存在した。そういった作品の十中八九が十八禁のエロものだ。そして餌《えさ》にされるのは、ほとんどハルシオンだった。

最近見かけた同人誌では、ハルシオンが何十本もの男性器状の触手を持ったエイリアンに犯されまくっていた。そんな卑猥《ひわい》なモンスターなど『スニヴィライゼイション』には登場しない。他のキャラクターは陣内の漫画から流用してるくせに、そういった男のリビドー全開のキャラクターだけは、好き勝手に作ってハルシオンと絡ませて楽しんでいるのだ。陣内は、まるで自分の娘がレイプされたようで、やり切れない気持ちに襲われる。しかも、その同人誌は、自分が描いたのではないかと見間違うばかりの作品だった。吐き気がするほど正確に陣内の漫画のタッチを写している。

表紙には〝高橋龍一〟という著者名が躍っていた。同人誌の著者名はサークル名が多い中にあって、その味も素っ気もない平凡なペンネームは異彩を放っていた。本名かもしれないが、その可能性は薄い。まさかこんな漫画を本名で描く度胸のある奴はいないだろう。

『スニヴィライゼイション』関連の同人誌は毎年何冊も新刊が出され、そして世の中に出回って行く。そういう同人誌を目にする度、陣内は担当の立花やアシスタントの細野に愚痴を零《こぼ》しまくった。有名漫画家の有名税みたいなものだ――。犬に噛《か》まれたと思って早く忘れろ――。だが、そんな彼らの言葉など、陣内にとってなんの気休めにもならなかった。アシスタント達が陣内の元を去っていったのも重なって、精神的苦痛は相当なものだった。

そんな折り、陣内は細野が同人誌を読んでいる光景をなにげなく眼にする。細野は陣内と違って、同人誌というものに抵抗心を抱くことはなかった。それどころか、頻繁にコミケなどに顔を出し、情報収集に勤《いそ》しんでいるようだった。同人作家の友達も沢山いるらしい。

その同人誌を、陣内も読んでみた。オリジナル作品だった。

ストーリーは高校生の恋愛物。ありきたりな筋で、特に陣内の興味を引くことはなかった。だが、トーンを多用しているという訳ではないのに、校舎などの建築物のデイテールはそれなりにリアルだった。

『そういえば、その同人誌描いた女の子、〝インターナル〟の編集部に持ち込んだらしいですよ。でもボツくらったとかいって落ち込んでました。いくら上手《うま》くたって、そんな簡単に、とんとん拍子にデビューできるはずないですものね』

と細野は言う。しかしその言葉は正確ではない。持ち込みだろうとなんだろうと、プロ作品に引けを取らない魅力を兼ね備えた作品ならば、とんとん拍子に商業誌に載ることはありえなくはない。確かにそれは困難なことだが、編集者は持ち込み原稿だからといって偏見を持たずに、きちんとした批評眼で読んでいるものだ。ボツにされるのは、決して作者が無名作家だからではなく、それなりの理由が存在する。

その同人誌の作者が、石崎千夏だった。

彼女の持ち込み原稿を読んだ立花は、千夏のことを憶《おぼ》えていた。

『まあ画力はあったから、名刺渡して、これからも頑張ってくださいって応援の言葉を贈りましたけどね。正直言って、見るべき所は絵だけで、ストーリーもキャラクターもありきたりで面白くなかったです。彼女は僕が名刺を渡したことで〝担当がついた〟と喜んでいたけど、今は持ち込みに来た人みんなに名刺渡してますからね。昔は、何回も持ち込みにきて、ある程度認めることができたら名刺を渡してましたけど、今は二度三度と持ち込み続ける根性がある人も少なくなってきましたからねぇ』

画力はあるがそれだけで、他に光るものはない。丁度、何時《いっ》までもアシスタントの仕事を細野一人にまかせておく訳にはいかないから、彼に、誰か上手いやつを紹介してもらうのもいいかもしれないと考えていたところだ。石崎千夏は、正にアシスタントの条件を完璧に満たした女だった。

新陳代謝が激しい漫画業界では、常にライバルの存在を意識しなければならない。『スニヴィライゼイション』は漫画業界でも成功した部類に入る作品だが、足を引っ張ろうと追いかけてくる後続作品は星の数ほど存在する。それらの作品と戦って、常に勝たなければというプレッシャーは、重荷だった。だから、若い芽は早め早めに摘《つ》んでおかなければならないのだ。

アシスタントを経て漫画家デビューした作家は決して少なくない。才能に満ち溢《あふ》れた原石のような若者をアシスタントとして雇うには若干の抵抗があった。将来のライバルを育てることになりはしないかという危惧《きぐ》が常につきまとっていたからだ。

基礎的なテクニックは持ち合わせているのだから、こき使うだけこき使える。しかも自分を追い抜く心配もない。万が一にも、漫画家として頭角を現すことがない、と仮定した上での話だが。

陣内は細野を通じて、石崎千夏にコンタクトを取った。

何回も自問したことを、再び陣内は考えずにはいられなかった。

里美が死んだあの日。平穏に続いていた毎日が、突然、崩れ去った。なんの前ぶれもない唐突な事故死。

フィクションならば、漫画ならば、里美が事故死するという『伏線』を、前もって物語中に挿入しなければならない。

だが、そんなものは、漫画の世界だけのお約束だ。現実は、そんな親切には進んでくれない。里美が死ぬという伏線が目に見える形で呈示されることなど決してありえない。

そんな一時の情動が、陣内に『スニヴィライゼイション』百四十二話を描かせた。唐突に、なんの伏線も張らずに、ハルシオンを殺した。何のために？　実験か？　現実の法則を忠実にコミックの中で再現するため？　しかし、それは正しかったのか？

読者の反応は酷《ひど》いものだ。編集者の立花すらいい顔はしなかった。

そして石崎千夏は陣内の、いや『スニヴィライゼイション』のファンだと言っていた。ハルシオンを殺したことについて、女性のファンから批判されない訳では決してないのだ。唐突で伏線のない彼女の死は、熱狂的なハルシオンフリークの男どもだけではなく『スニヴィライゼイション』を優れた漫画作品として純粋に楽しんでいるファンからも、安直で不自然な展開として批判された。

ただハルシオンを殺しただけなら、こんなにも読者は怒り狂わなかっただろう。読者は陣内がなんの前ぶれもなくハルシオンを殺したから怒っているのだ。恐らくそのうちの一人であろう千夏との仕事関係が、今後上手くいくという保証はどこにもない。

若者は――しかも漫画制作などというクリエイティブな仕事に関わっている者は――往々にしてプライドが高く、我が強い。自己顕示欲も強く、あれやこれや主張したがる。今までのアシスタントにしてもそうだ。俺はこう思う、私はこう思う、僕はこう思う――。一人一人が自分の意見を持ち、議論をするのは決して悪いことではないが、それで仕事がおろそかになることだけは願い下げだった。

あの混乱の当時を思い出す。ハルシオンを殺すことにアシスタントは皆反対した。そうでないのは細野だけだった。殴り合い寸前の大喧嘩《げんか》になった。間に細野がいなかったら、一体どうなっていたことか。

それでも陣内は、あの百四十二話を描いた。細野以外のアシスタントは、皆、陣内の元を去っていった。

作者は物語をゼロから作り上げる。綿密な伏線が張り巡らされ、完璧に構成された作品が、優れたものとされる。もちろん漫画作品においても例外ではない。どこか一カ所欠けただけで作品がこわれてしまう、繊細な作中世界。その虚構の世界のなかで、作者は神だった。『スニヴィライゼイション』は完璧に自分の計算で働く世界だった。

だが、現実は違う。現実という世界の作者など、どこにも存在しないのだ。

そこまで考えた時、身体が硬直した。

「先生、大丈夫ですか？　顔色悪いですよ」

その陣内の様子を見て、細野が声をかけてきた。

「いや、なんでもない。ちょっと目眩《めまい》がしただけだ」

「貧血とか？　まあ先生みたいな超一流人気作家になると健康管理が疎《おろそ》かになるのも仕方ないですけどね」

そう言って細野はへらへらと笑う。

若いアシスタントが短期間に新陳代謝していっても、彼だけは『スニヴィライゼイション』の初期から、ずっと陣内を手伝ってくれていた。長いつきあいだ。だから、里美と婚約した時も、新居を建てた時も、里美が事故死した時も、細野はずっと陣内の側にいた。編集者などより、アシスタントの方が、仕事場で寝食を共にすることが多いのだからよっぽど親しい間柄になる。

里美が死んだあの日、不覚にも陣内は細野の前で涙を見せた。細野は陣内の苦しみを人一倍分かっていたはずだ。編集者、作家仲間、――がんばれ。――気を落とすな。そんな気休めにもならない、むしろ陣内の心の傷を一層広げるようなことを吐く連中の中にあって、細野だけは、いつもと変わらずへらへらとしていた。

わざとやっているのか、それともそうでないのかは分からないが、そういった細野のいい加減な態度が、唯一のなぐさめだった。

「だいじょうぶだ」

細野と、自分に言い聞かすように呟く。

そして思考は、自然と神崎のことになった。

神崎は人の死期を予知できると言った。その日時の数日前、その人物の近くにいれば。

もし、この現実の世界に神がいて、この世界に無数の伏線を張り巡らせているとしたら。そしてその伏線を読み取ることができる能力を持った人間がいたとしたら。

神崎は、その能力を持ち合わせた女だというのか？　現実世界の作者、神のメッセージを受信できる女――。

「馬鹿馬鹿しい」

思わず、つぶやいた。

「え？　なんです？」

「いや、なんでもない。独り言だ。気にしないでくれ」

細野は訝しそうな表情をした。

「先生、本当にだいじょうぶですか？　疲れてるんじゃないですか？」

疲れてる――確かにそうだ。

現実世界の作者？　神のメッセージを読みとれる人間？　それが神崎？　馬鹿馬鹿しいにもほどがある。確かに神崎のあの手紙は不可思議だが、だからといって神などという大層な存在を持ち出さなくても、もっと納得のいく説明はあるはずだ。

その時、インターホンが鳴った。

「彼女じゃないですか」

「ああ――そうかもな」

細野は立ち上がり、玄関へと向かう。

「先生、お早うございます」

やがて細野と共に、石崎千夏が姿を見せた。

目が合うやいなや、彼女は言った。

「先生、前回お会いしたときはああおっしゃったけど、やっぱりまたハルシオンを登場させましょうよ。絶対、そうした方がいいですって」


陣内は大きくため息をついた。

前回千夏と面会したとき、彼女は、もうハルシオンは登場させないんですか？　と陣内にたずねて来た。その時、陣内はきちんと千夏に説明したのだ。もう二度と『スニヴィライゼイション』にハルシオンは登場しないと。千夏はその陣内の言葉で納得したはずだった。

陣内は、言った。

「作者は、俺だ」

「はい――。分かってます。でも惜しいと思いませんか？　ハルシオンは今までずっと物語をひっぱってきたし、それに一番の人気キャラクターですよ？　彼女を登場させれば、読者投票でも一位に返り咲くし、単行本も売れますよ」

「そんなことは君に言われなくたって、分かっている」

そんな陣内と千夏のやりとりを、不安げな顔つきで細野は見つめている。

「私の今の彼氏『スニヴィライゼイション』のファンなんです。それもハルシオンの大ファン。だから私が今度陣内先生のアシスタントになるって打ち明けた時、なんとしてもハルシオンを生き返らせろってうるさくって」

「もうハルシオンは登場しない。彼女はもう死んだんだ」

「でも、死体は回収されてないいんです――。実はどこかで生きていたってことにすればー―」

もう止めろとでも言うように、細野は彼女の服の袖《そで》を引っ張った。

「僕らアシスタントが、しかも君みたいな新人が、大先生に意見するなんて百年早いよ」

「意見じゃありません、アドバイスです」

「それが早いっていうの」

千夏が言ったことは、陣内も十分承知していた。

ハルシオンは宇宙空間をさまよっている内に民間船に救助される。一年後、チャイムと出会うが、彼女は事故のショックで記憶を失っていた――というふうに今後のストーリー展開を修正すれば、それは作品として盛り上がるだろう。

　だが、里美はもう死んだのだ。二度と生き返らない。実はまだ生きていた、などという都合のいい事態は決してありえない。だからこそ、自分はハルシオンを殺したのだ。ハルシオンを再び登場させることは、その自分の選択が誤っていたと認めることになる。

「もう、二度とハルシオンは登場させない」

　その陣内の言葉に、千夏はつまらなそうな表情をして唇を尖《とが》らせた。

　千夏は『スニヴィライゼイション』のファンだった。もしかしたら彼女は、今後の『スニヴィライゼイション』の展開を自分の意のままにコントロールするという野望を持って、この仕事場に潜入したのかもしれない。そんな妄想めいた想いが、陣内の心の中にわき上がってくる。

*

　時刻は午後七時四十分、場所はスーパー『マルバヤシ』――。閉店間際の店内には客の姿はない。夕食の準備に追われる主婦達でごったがえした数時間前の喧騒《けんそう》が、まるで嘘《うそ》のようだった。

棚の陳列された商品の列は、客が買っていったせいで所々乱れている。三橋は店内を歩きながら、それらを綺麗に整えていく。奥まった商品は前に出し、完売しスペースが空いた商品の棚には、その隣の売れ残った商品を陳列して行く。決して棚に空間が残らないようにするのが三橋の仕事の一つだった。勿論、売れ続ける限り商品の陳列は崩れて行く一方だから、店内にいる間はずっとそれらに気を配らなければならない。

三橋は、機械的にそれらの作業を続けて行く。もう慣れているから、さして面倒ではない。そして頭の中ではまったく別のことを考えている。

千夏は先週『マルバヤシ』を辞めた。陣内龍二のアシスタントになったのだ。時給は向こうの方がいいし、好きな漫画家の元で漫画の仕事が出来るのだから、千夏は充実した毎日を送っていることだろう。

聞く所によると、ハルシオンを殺すという陣内の判断に怒り狂ったアシスタント数人が、そろって彼の元を去ったようだ。それで陣内は人手不足に喘《あえ》いでいたらしい。だから優秀な同人誌作家である千夏が引き抜かれたというわけだ。

ハルシオンを殺した陣内に、身内からも非難の声が出たという事実は、三橋にとって少しは安定剤になったが、辞めることでしか抗議の手段をあらわさなかったそのアシスタント達に不甲斐《ふがい》なさを覚えたことも、また事実だった。

ハルシオンが死ぬ前に、クーデターを起こし陣内の暗殺ぐらい企てても良かったのに。

『スニヴィライゼイション』はベストセラーのコミックなのだ。作者が死んだぐらいでは終わらないだろう。陣内の絵のタッチを正確に模写できるアシスタントがいてもおかしくはない。そうすれば、自分は今ごろハルシオンの新たな活躍に胸躍らせることができたはずなのに。

『スニヴィライゼイション』の新たな同人誌も、最近めっきり減った。ファンページの掲示板では、なんとハルシオンを殺した陣内の選択を肯定する勢力まで現れ、否定派と論争を繰り広げていた。ファン同士の、生ぬるくも心安まるコミュニケーションも、ハルシオンの死によって阻害された。

ファンページで伝え聞いた情報によると、連載誌『インターナル』における『スニヴィライゼイション』のファン投票の結果は、以前よりも大分落ち込んだということだった。

ハルシオンが死に、悲嘆にくれながら仲間と別れ、戦線離脱し一人旅立つチャイム

――。こんなことでいいのか？　と読者の誰もが危惧した。サタンやスピード・フリークとの戦いは、いったいどうなったのだ？

たとえば、ハルシオンが死ぬ前の『スニヴィライゼイション』が、42・195キロのマラソンコースを最初っから全力疾走するような過激さに満ちあふれていたならば、ハルシオンが死んだ今の『スニヴィライゼイション』は縁側に寝転がり間抜けな顔で日なたぼっこをしている年寄りのごとく、かったるくて脱力する。

ハルシオンが物語から退場したことが『スニヴィライゼイション』にとって正しい選択だったとはとても思えない。陣内龍二だって、今の己の漫画のこの体《てい》たらくを考えれば、ハルシオンを殺したことを後悔しているに違いない。

千夏から、陣内の話を聞いた。彼は、ハルシオンを再び登場させるつもりなど、さらさらないようだ。それどころか千夏の意見を、新米アシスタントの分際で指図するなッ、と一蹴したらしい。

どうしたらいい？

どうしたらもう一度、ハルシオンを『スニヴィライゼイション』に登場させることができる？

いくら考えても、答えは一つしかなかった。

答え――陣内を殺すこと。

陣内のアシスタント達が、クーデターを起こすことのできない臆病《おくびょう》者だとしても、自分がその役目を負えばいいだけの話だ。

作者がハルシオンをもう二度と『スニヴィライゼイション』に登場させないと決めたら、それは絶対なのだ。人気が落ちても止むをえないと陣内が考えているのならば、たとえ周囲の人間がどんなに説得した所で無駄だろう。

だから陣内を殺せば、すべて解決する。

陣内が死んでも『スニヴィライゼイション』が終了するとは決して限らない。作者が死んでもプロダクションが中心となって作品を発表するなど、珍しいことではない。もはや『スニヴィライゼイション』は商品として確立しているのだ。

千夏の話を聞いた限りでは、彼女は勿論、陣内の元を去ったアシスタント達も、ハルシオンを殺した彼の選択を快くは思っていないはずだ。金の卵を失った『インターナル』の編集部に関しては言うまでもない。

陣内は、死ぬ。それは『スニヴィライゼイション』を再び読者ランキングナンバー1まで押し上げるには絶好のチャンスだ。

ワンマン作者を失った『スニヴィライゼイション』を『インターナル』編集部が思

うがままにコントロールするのはたやすいだろう。ハルシオンというキャラクターの今後に関しては、編集部サイドとアシスタントサイドの意見が一致しているのだから、問題なく話は進むはずだ。

そうすれば、自分はまたハルシオンの活躍が読める。新米アシスタントとはいえ、実際に現場にいる千夏とコネクションを持っているのだから、物語の進行状況を自分が知ることは難しくない。それどころかハルシオンの登場回数をもっと増やすように、千夏に訴えることだってできる。もちろんそれがそのまま現場の意見に反映されるとは思えないが、少なくとも、読者アンケートや、嫌がらせの手紙を出すことしかできない今までの立場と比べれば雲泥の差だ。

果たして、それらの自分の妄想は非現実的だろうか。著者の陣内龍二が死んだら、それでそのまま『スニヴィライイゼイション』は終わってしまうのだろうか——。

その時、

「おい、三橋ぃ。お前なにぼけっとしてるんだよぉ」

背後から、副店長のその一声が降ってきた。

「あ、ああ、スイマセン」

「時計見ろよ、今何時だぁ？」

副店長は店の出口付近に設置されたアナログ時計を示す。

「し、七時五十一分です」

「閉店準備は何時からだっけぇ?」

「七時、ご、五十分からです」

「だったら、ぼけっとしてないで早く閉店準備しろッ。お前ぇが早く片づけないと、俺達が帰れないじゃねえかぁ」

「は、はいッ。スイマセン、今すぐ、やりますッ」

三橋は、副店長に頭を下げ、背中を向けた。正面入口に向かって走り出した。岩から削りだしたような凶悪な面相。甲高い声。まるでパーマをかけるのに失敗したかのような癖毛をオールバックにした副店長。客の主婦達には愛想良く振る舞うが、バイトの自分に対しては情け容赦なく、疲れ果てるまでこきつかう。

店頭に並べられたキャベツと白菜の箱、それに洗剤やボックスティッシュが積まれたワゴン、使用済みの発泡スチロールがあふれたリサイクル・ボックスを店内に運ぶ。簡単にほうきをかけゴミを掃き、外のトイレを施錠し、照明を落とし、シャッターを閉める。

毎日のように繰り返してきたそれらの作業――。店内の商品を綺麗に陳列し直すのと同じで、機械的にこなしてゆく。そして副店長のせいで中断された計画を頭の中で組み立てて行く。

もし自分が本気で陣内を殺すとしたら、どういうプロセスを踏むことになるだろう。相手は有名人だ。しかし、同じ著名人でも俳優やミュージシャンやスポーツ選手などに比べると、小説家や漫画家は『裏方』の印象が強い。公《おおやけ》の場に出るのは作品ばかりで、本人はあまり姿を現さないからだ。勿論、テレビに出演しまくるほとんどタレントと変わらない作家もいるが、少なくとも陣内はそういうタイプではない。政治家や、芸能人を殺すことに比べれば、一漫画家である陣内を殺すなど、たやすいことだろう。

好都合なことに、ハルシオンを殺した陣内は、全国のファン達に恨まれている。つまり動機を持っている者は、何十万人もいるのだ。殺人事件の捜査は、まず動機を持っている者を洗い出すということから始まる。自分は、何十万人の内の一人なのだ。目撃者を出さぬように、証拠を残さぬように、慎重に慎重を重ねて陣内を殺すことができたら——。

だが問題は二つあった。

一つは、厳密に言えば自分は〝何十万人の一人〟では決してないということだ。自分は今、千夏とつきあっている。そして千夏は陣内のアシスタントだ。彼女は新米アシスタントの分際でハルシオンを再び登場させるよう、陣内に訴えることまでしたのだ。ハルシオンの大ファンである自分のことを、千夏はきっと陣内に話しただろう。

インターバルを置いて陣内を殺すという手もある。まず千夏と別れ、それから二年三年経過してから、陣内龍二を殺害するのだ。大昔の恋人のことなど、きっと千夏は忘れているに違いない。

勿論、この方法にも問題はある。強情な陣内はハルシオンが登場しない『スニヴィライゼイション』を描き続けるだろう。読者ランキングの順位が落ちても、単行本が売れなくなっても、構わずに。そうすれば当然『スニヴィライゼイション』は打ち切りになる。浮気な読者はハルシオンのことなど忘れてしまい『スニヴィライゼイション』から離れていってしまうだろう。

重要なのは、『スニヴィライゼイション』の人気が衰え始めた今の内に、陣内を殺害することなのだ。そうしなければ手遅れになってしまう。

だが、その問題は、二つ目の問題に比べれば些末なことだった。人殺しをするのだから、ある程度のリスクは避けて通れないことは、分かっていたことだ。

問題の二つ目は――。

自分に果たして陣内を殺す度胸が備わっているかどうかなのだ。

「おい三橋ぃ」

また、その声がした。

「は、はい」

「トロトロ動いてないで、さっさとやれよ。早く帰りたいんだよ、俺はよう」

「はいッ。す、すぐやります」

その副店長と自分のやりとりを見て、レジの女の子——千夏の友達だ——が口元に手を当ててクスクスと笑っていた。千夏よりずっと可愛い子だ。眼が合った。思わず顔を背けた。トロくさい自分を嘲笑《あざわら》っているのだ。そう思った。

副店長、陣内の次に殺してやりたいと思う男だ。今日は男のバイトは自分だけ。だから閉店準備は全部三橋が一人で行わなければならない。どうしても手間取ってしまうのは仕方がないことだ。それをあの副店長はねちねちといたぶるような口調で責め立てる。あいつを殺してやったら、どんなに気分がいいだろう。そう三橋はいつも考える。

だがそれも一人で夢想するだけの話で、実際本人を目の前にすると、元々小さい肝っ玉は更に萎縮《いしゅく》し、途端にどもり口調になってしまう。

問題はそれなのだ。

入念に計画を準備したとしても――。

殺害直前になってびびってしまったらなんの意味もない。

＊

その日の仕事を終え、陣内は帰宅した。

目黒の高級住宅街に建てられた、白い月に照らされた新居――。こんな家に帰ってきても、むなしくなるだけだ。早々に売り払って、今後はあの仕事場を住居にしようと、陣内は真剣に考え始めている。

郵便ポストを確認する。夕刊と一緒に、中に入っていた郵便物を鷲掴みにして引き出した。

夜風にさらされながら、一枚一枚確認する。チラシ類が多かった。アダルトビデオに寿司屋にピザ屋――。郵便物も生命保険や怪しげな漢方薬の広告といったろくでもないものばかりだった。

玄関に靴を脱ぎ捨て、居間に向かう。チラシやダイレクトメール類をゴミ箱に突っ込んでから、ソファに座り、疲れたようにため息をつく。

その時、携帯電話が鳴った。

携帯のディスプレイには立花の名。面倒だったが切ってしまう訳にもいかず、陣内は渋々電話に出る。

「もしもし」

『夜分遅く申し訳ないです。立花です。いや、さっきお仕事場の方に電話したんですけどね。誰も出なくて――』

細野も千夏も帰宅した。今、仕事場には誰も残っていない。

「いや、いいんです――。で、用件は?」

『二つあるんです。まず一つ目は――しつこいようですけど、もう陣内さんは、ハルシオンを描かれないんですよね』

「本当にしつこいね。何回同じことを聞けば気が済むんですか? 新しく来たアシスタントの女の子にも言われ、長年のパートナーだった担当編集者にも言われる。それじゃあ、なんですか? ハルシオンを描かなかったら僕は『インターナル』をクビになるんですか?」

思わず、陣内は声を荒らげた。

『お気に障ったようなら、ごめんなさい。でも、そんなことでクビになんてなりませんよ。連載打ち切りになるのは、あくまでも読者投票のランキングが救いようのないほど落ち込んだ時です。あるいは陣内さん御自身が、この漫画を終わらせたいと判断された時は、終わるしかないですけどね』

「もし俺がそう判断したら、どうする？」

『まあ、それは――ランキングとの兼ね合いですね。今、ハルシオンが死んだことによって〝スニヴィライゼイション〟は一位の座を奪われましたけど、また一位に返り咲いて、そのままトップを独走している時にそんなことを言われたら、当然僕は引き止めますよ。逆に、今のままずるずるとランキングが落ち込んだら――多分誰も引き止めないでしょうね』

「縁起でもないこと言わないでくれ」

『冗談じゃあ、ないですよ。早くハルシオンが死んだ穴を埋めてくださいね。ホントはその穴、ハルシオンが再登場して埋めるのが一番リスクが少なくて確実なんだけど、それだと陣内先生のプライドが許さないでしょう』

「――そんなことをわざわざ言うために電話して来たのか？」

『話はそれだけじゃないです。午後の会議で持ち上がった企画なんです。すぐに陣内さんに電話しようと思ったんですけど、いろいろ野暮用がありまして、ご連絡が遅れてしまったという訳です』

「企画？」

『ハルシオンのイラスト集を出してみませんか？』

「イラスト集だって？」

『コンセプトはハルシオンの写真集です。今までの〝スニヴィライゼイション〟に登場したハルシオンの名シーンを抜粋して、CGで着色するんです。もちろん、何点かの描《か》き下ろしも、陣内さんにはお願いすることになるかと思います。水着姿とか、制服姿とか、普段着姿のハルシオンを新しく描き下ろしてもらって、それも収録したいんです。これは売れますよ。単行本より高額になるのは間違いないから、買い渋る読者が出ると思うんですけど、それでも十万部は堅いですよ。どうです？　お願いできますか？』

さすがに立花は商売人だった。陣内が己のろくでもない情動に溺れ、ハルシオンを殺してからも、着々と金儲《もう》けの計画を練っていたという訳だ。

「CGなんて、やったことないよ」

『でも陣内さん、新たな手法にチャレンジしないと――』

「もういいですよ。好きにしてください。でもそのイラスト集の帯に『ハルシオン追悼記念画集』とかいう、こっ恥《ぱ》ずかしい惹句《じゃっく》をつけるのは止めてくださいね」

『ありがとうございます。それで、陣内さん――』

「なんです」

『二つ目の、件です』

「まだ、あるんですか？」

『編集部に、来たんです』

「なにが？」

立花の焦《じ》らすような口調で、陣内は苛立《いらだ》った。

『神崎からの、手紙が』

思わず、呼吸が止まった。

『手紙の特徴が、前に陣内さんがおっしゃっていたものと同じだったから、気づいたんです。まだ抗議のファンレターは沢山来るから、その中に埋もれて危うく見過ごすところでした。どうします？　これも一緒に転送しますか？』

「その手紙、今、立花さんの手元にあるの？」

『はい。目の前にあります』

「そこで開封してください」

『いいんですか？』

「立花さんの意見も聞きたいから」

『――分かりました』

暫《しばら》く、がさごそと物音が聞こえた後、

『――誰だろう、これ』

という立花のつぶやきが聞こえた。

「なんです？　なにが書いてあったんです？」

『中に入っていたのは便箋一枚でした』

「前回もそうだった」

『読みますか？』

「ああ――頼む」

立花は徐《おもむろ》に手紙を読み上げた。

『陣内先生、二度目のお手紙を差し上げます。予知の、手紙です。私のマンションに西園寺健《さいおんじけん》という作家が住んでいます。小説家です。五月二十日、西園寺健は、自宅マンションの屋上から飛び降り自殺します』

思わず陣内は、壁のカレンダーを見やった。

今日は、五月二十一日だった。

「それで、消印は？」

『五月十九日、鶴見の消印が押されています』

陣内は頭を抱えた。

「西園寺健――？　誰だ？　誰のことだ？」

そうつぶやくしかなかった。

『しかし僕、前から疑問に思っていたんですけど、どうして手紙なんでしょうね？　予知したらすぐに電話やメールでさっさと他人に知らせればいいじゃないですか』

「神崎さんには俺のメールアドレスも電話番号も教えていないんだ。俺にコンタクトを取るんだったら、編集部を通してしか手段はない」

陣内が教えない限り、神崎が携帯やこの自宅の電話番号を知る術はないはずだ。

『でも陣内さんの個人的な番号じゃなくても、編集部に直接電話するっていう手もあるじゃないですか。ファックスだってあるし、それに編集部のメールアドレスは、ホームページで公開してます』

「それだと、俺より先に立花さんが神崎の予言の内容を知ってしまう。彼女はそれが嫌なのかもしれない」

『どうして嫌なんです？』

「俺に聞かれても知らないよ。それより立花さん。その手紙、今度でいいから仕事場に持ってきてください。郵送でも構いません。それと、飛び降り自殺をした西園寺健っていう男のことも、なにか分かったら電話ください。お願いします」

『分かりました。でも陣内さん？』

「はい？」

『あんまり——泥沼にはまらないでくださいね』


電話を切った後も、立花からの連絡をじっと待っていることなどできる筈《はず》もなく、陣内は新聞を調べ始めた。今日の朝刊と夕刊をテーブルに広げ、目を皿のようにして記事を探す。

飛び降り自殺——。西園寺——。その二つをキーワードにし、視線が新聞紙の上を動く。

だがそう時間はかからなかった。

それは二十一日の朝刊上の、小さな記事だった。

——小説家が飛び降り自殺？

二十日未明、作家の西園寺健さん（42）が横浜市鶴見区の自宅マンション駐車場に倒れているのが発見された。西園寺さんは全身を強く打っており、病院に運ばれたがまもなく死亡した。遺書などは発見されていないが、警察の調べでは自殺の可能性が強いとして、関係者から事情を聞いている。

小説家？

横浜市鶴見区？

いてもたってもいられず、陣内は携帯電話に手を伸ばした。非通知に設定されているのを確認して、神崎の自宅にかける。

彼女はすぐに出た。

『——ああ、陣内さん。あの手紙、届いたんですね』

「ええ。今日、編集部に」

『こっちは、昨日から凄《すご》い騒ぎです』

「新聞の記事を読みました。横浜市鶴見区の自宅マンションって、もしかして――」

『そうです。私が住んでる、このマンションです。西園寺さんとは、顔見知りなんです。と言っても、廊下ですれ違って挨拶《あいさつ》をする程度ですけど』

「そんな近くに、ですか」

『陣内さん――』

神崎は語り始めた。ほんの少し、沈痛な口調だった。

『私はその人の身近にいなければ、その人の運命を知ることができないんです。経験から言って、半径三メートルぐらいです。だから私はできる限り人と接しないように、人ごみなどには、近づかないようにします。でも、日常生活において、誰とも接しないで生きていくなんてできません』

「はい――」

『陣内さんのサイン会だけは、どうしても行きたかったんです。私はあなたのファンだったから。こんな素晴らしい漫画を描く人がどんな人だか、知りたかったんです。だから私は、リスクを承知でサイン会にでかけました。新宿駅のあちらこちらから、人の死が私の中へとなだれ込んで来ました。私はそれをみんな無視します。私には、どうしようもできませんから。でも、サイン会の会場で、里美さんの死を感じた時、私は――』

堰《せき》を切ったように神崎は語り続ける。

前回は、初対面ということもあったせいか、神崎は落ち着き、こちらから一歩引いて話をしているように感じられた。だが、今はそんな素振りは微塵《みじん》もない。動揺しているのか、それともたった一度会っただけで、もう自分に気を許しているのか。

『雑誌の記事、読みました。だから私は、里美さんの死を予知する以前から、彼女が陣内さんの婚約者だと分かりました。この人がそうなのか――そんな物珍しい気持ちで里美さんに近づいたことは否定できません。だから私は里美さんの死を予知してしまった――』

雑誌の記事。どこかの大衆誌が、おもしろおかしく取り上げたものだった。確定申告上位リストに載る人気漫画家の婚約者とは――。そのおちゃらけた記事の内容に陣内は憤慨したが、スキャンダルよりはましだと自分に言い聞かせた。

『陣内さんのサインをもらって、私は家に帰りました。でも頭には、里美さんのことがこびりついて離れませんでした。だから私は――勢いで、手紙を書いて編集部に送ったんです』

「それで、その西園寺という人は？」

『さっきも言いましたけれど、同じ階に住んでいるというだけで、なんのコミュニケーションもありません。朝ゴミを出しに行く時、たまたま西園寺さんとすれ違いました。その時、私には見えたんです。屋上から飛び降りる西園寺さんの姿が、駐車場に流れる西園寺さんの血が――』

「神崎さんはそれを警告したんですか？」

神崎は、しばらく黙り込み、それからおもむろにこう言った。

『陣内さんは、どうすれば良かったと？』

「僕には――分かりません」

『私は、西園寺さんの死を予知した時、彼を呼び止めてこう言いました。私達、同じマンションの住人ですから、なにか困ったことがあったら言ってくださいね――と。西園寺さんは、私を睨《ね》めつけるようにして、自分の部屋に引っ込んでしまいました。西園寺さんは近所でも気難しい人だという評判で、私にはその程度のことしかできなかったんです』

「別に、神崎さんを責めている訳じゃない」

『はい――』

「警察には、証言したんですか？」

そう尋ねてから、馬鹿げた問いだとすぐに気づく。

『なにを証言したらいいと思います？　こんな話を警察が信用してくれると思いますか？　逆に不審者としてしつこく事情聴取されるに決まっています』

神崎の言う通りだった。

「すいません、変なこと聞いて」

『いえ、いいんです――。でも、これで私の能力を信じてもらえましたか？』

その問いに、どう言って答えれば良いのか、分からなかった。

「僕が信じていないと、思ってたんですか？」

『私はこんな異常な能力を持っていますけど、最低限の常識はわきまえているつもりです――。信じろっていう方が、無理なんです』

「僕の担当編集者の立花という男は、最初、神崎さんの能力をまったく信じていなかったんですけど、さすがに今回のことには驚いています」

『私――』

「はい」

『陣内さんに信じてもらうまで、手紙を送ってもいいですか？』

恐らく、神崎がそう言うのなら、きっと何回でもこんなことが繰り返されるのだろう。誰かの死を知らせる手紙が、次から次へと編集部に送りつけられる。予知が驚愕でも衝撃でもなくなり、日常の一部となるまで――。

とっさに、陣内は言った。

「僕は、信じますよ」

『――うれしい』

神崎は、そんな少女のような声を出した。

思わず陣内は問い質《ただ》す。

「どうしてですか？　どうして僕に信じてもらえるのが、嬉《うれ》しいんですか？」

もしかしたら神崎は自分の気を引くために、あんな予知の手紙を偽造したのかもしれない――。その疑惑は、未《いま》だに陣内の中で残り火のようにくすぶっている。

『私の人生で、この能力を信じてくれたのは、陣内さんだけだからです』

「完全に信じた訳じゃない、信じますよ、と答えただけです」

『どちらでも同じこと――。私には、わかっていますから』

自分の心を見透かされたような気持ちになった。

「神崎さん」

『はい？』

「もし、僕の死を予知したら、真っ先に僕に教えてくださいね」

冗談混じりの、台詞だった。

神崎は、答えた。

『分かりました。でも、大丈夫です。陣内さんは死にません。まだ陣内さんの死は、見えませんから』

＊

けたたましいハードロックのＢＧＭ。画面に躍る仰々しいテロップ。作家が自宅マンションの屋上から飛び降り自殺！　マイク片手に、歩きながらカメラ目線で話すワイドショーのリポーター。

『ここが現場となった、西園寺氏が住む、鶴見区の自宅マンションです』

画面が切り替わり、西園寺健が倒れていた駐車場を映すカメラ。黒ずんだ血痕を大きくクローズアップする。

第一発見者らしき初老の女性。

『朝、散歩してたらね、人倒れてて、辺り血だらけで、私もうびっくりしちゃって』

『それで一一〇番に電話したんですか？』

『うん、身動き一つしなかったから、死んでるってことはすぐに分かって、もうこれ一大事だなって思って』

画面はマンションの全景を映しだす。並んでいる窓の群。その中の一つをカメラはクローズアップしてゆく。窓は部屋の中に積み重ねられた本の山ですっかりふさがれている。右下に丸く囲まれた西園寺氏の顔写真。

もったいぶったナレーション。

何故、作家、西園寺健氏は、自宅マンションの屋上から飛び降りたのだろうか？

続いて、同じマンションの住人たちの証言。

『ええ、なんか、暗い人でしたよ。挨拶しても、無愛想な顔でそっぽ向くだけで』

『あの歳でまだ独身っていうじゃありませんか。女性ならともかく男の人で四十過ぎても独身ってちょっと怖くありません？』

『毎晩音楽を大きなボリュームでかけて、うるさいったらありゃしない。それで一度、みんなで抗議したんですよ。それで一応音楽の方は止《や》んだんですけど、でもなんの謝罪の言葉もなくって――』

『足がお悪いらしくて、いつも足を引きずっていました。階段を降りるのも苦労していたんです。エレベーターを使えばいいのに、なんだかまるで自分の足が悪いことを周囲に見せびらかしているみたいなんです。いえ、それがいけないって言っている訳じゃないんですよ。でも、あの人、私が手を貸そうとすると、触るなって怒鳴るんですよ——』

ふたたびナレーション。西園寺健が書いた小説を朗読している。『腐敗する都市／西園寺健著』というテロップが小さく出る。

——この世は腐敗している、発狂している、浄化しなければならない。道行く人々の中で生きる価値のあるものなど数えるほどしかいない。こんな虫けらのような連中殺したって天罰は下るまい。『罪と罰』を読め。ラスコリニコフも言っているではないか。一人の天才のためなら、百人の凡人を殺しても構わないのだ——。

それが、どんな内容の小説なのか、どんな登場人物がどんな時に発した言葉なのか、番組中では一切明らかにされない。

——あの歳でまだ独身っていうじゃありませんか。女性ならともかく男の人で四十過ぎても独身ってちょっと怖くありません？

女性はいつまでも独身でも構わないが、男性は遅くとも四十歳までには結婚しないと、世間から白い目で見られるらしい。女性に対してその逆のことを言うと、一斉にフェミニストの連中が差別だなんだと大騒ぎするのに、どうやら男は女性から差別されても文句は言えないらしい。

――結婚。まだ先のことなどとたかを括《くく》る訳にはいかない。同じ年の従兄弟《いとこ》など、もうとうの昔に結婚して子供までいる。

三橋は、想像する。

自分はずっと女にもてず、彼女もできず、見合いも全戦全敗だ。それで三十過ぎても独身で、四十になっても独身。世間の冷たい視線が突き刺さる。三橋さんって、四十過ぎてもまだ独身ですって。女性だったらいいけれど、男性のそういうのってちょっと怖くありません？　三橋は呼吸を整え、そんな暗い未来のイメージを払拭《ふっしょく》するために、心を落ち着けようと努力する。自分には、千夏がいるんだ。

三橋は、自室に寝転がり、ぼおっとテレビのワイドショーを観ていた。窓の外からは、相変わらず隣家の浪人生が聴いている、大音量のヒップホップが流れてくる。

母一人子一人の家庭――。母はパートに出かけ、今、家には三橋一人だけだ。頭の中で今日一日の予定を反芻《はんすう》する。『マルバヤシ』のバイトはないから、一日中時間を自由に使える。

　ワイドショーでは、横浜で、ある作家がマンションの屋上から墜《お》ちて死んだというニュースが放送されていた。作家といっても、漫画家の陣内龍二のような有名作家ではない。西園寺氏の作品はすべて初版で終わっている。デビュー作はとうの昔に絶版になり、現時点での最新作は二年前の作品――。要は無名の作家だったのだ。

　そんなつまらない事件をなぜ全国ネットで放送しているのかというと、どうやらその小説家――西園寺健氏――は買春の疑いで捜査されていたというのだ。そして、死体からはアルコールが検出されたらしい。逮捕されることを悟った西園寺は酔った勢いも手伝って、発作的に自殺をしたのではないかと疑われているという訳だ。

　西園寺は五万円で中学生を抱いたらしい。ロリコン野郎め。三橋は心の中で毒づく。高校生ならともかく、中学生とセックスするなんて、よっぽど女に飢えていたのか。

　ハルシオンを思い浮かべながら自慰にふければ、女に飢えることなんてない。そう三橋は確信をもって思う。

　ワイドショーはまだ続いている。画面はＶＴＲから、スタジオに移っている。したり顔の識者が、この事件についてあれやこれや語っていた。

その時、三橋はふと思った。

憎き陣内龍二を、自殺に見せかけて殺したらどうだろう。

＊

俺も西園寺健のように自殺しようか——夕暮れ時、鶴見の街を歩きながら陣内は思う。

いや、自殺しようか、では駄目だ。

自殺しよう、と強く心の中で思うのだ。方法まで具体的に。オーソドックスなところで首吊《っ》りがいいだろう。自宅では発見が遅れるかもしれないから、決行場所は今夜、仕事場でだ。忙しい時は仕事場に泊まり込むこともあるが、今はその時期ではない。夜は誰もいなくなるはずだ。自殺を妨げるものはなにもない。翌朝、訪れた細野や千夏が、自分の死体を発見してくれるだろう。

頭の中で、その自殺の行程を繰り返し繰り返し、イメージする。

そうすれば神崎は、自分が自殺するということを予知できるはずだ。

例の映画館に差し掛かった。立て看板を見やる。どうやら、あの監督の作品はまだ上映しているようだ。今日、観ようか？　いや、映画なんかより、もっと重要なことがある。確かめなければならないことが。悠長に映画を観て時間を潰している暇などないのだ。映画は、早い内に時間を作って観に来よう。

神崎のマンションに近づく。報道陣達の姿は見えない。彼らも、毎日なんらかの事件が起こっている現在の日本で、一つの事件にそうそう構っている訳にもいかないのだろう。それに、大して話題性のない事件だ。客観的に考えて、少なくとも自分が自殺した方がもっと話題になるだろう。

西園寺健——テレビのニュースでその顔写真を見た時は誰だか分からなかったが、足が悪くていつも階段を降りる時に苦労している、という近隣住人の証言を聞いた時、思い出した。初めてこのマンションを訪れた時に、階段の踊り場で身体がぶつかった愛想の悪い男だ。あんな陰気な男では、近隣住人の意見もうなずける。

その階段で神崎の部屋がある二階まで上り、廊下に出る。むこうから買い物袋を下げた主婦らしき中年女性がやって来る。互いに廊下の右と左に身体を寄せ合い、すれ違う。

神崎の部屋の前まで行き、インターホンを押す。

ふと左の方から視線を感じそちらを向くと、先ほどすれ違った中年女性がこちらを胡散臭そうに見つめていた。陣内と目があうとばつが悪そうに視線をそらし、そそくさと向こうへと歩いて行く。

——なんなんだ。

ドアが開かれ、神崎が顔を出した。

「陣内さん——。どうかされましたか?」

中年女性に向ける陣内の訝《いぶか》しげな視線に気づいたのか、神崎がたずねてきた。

「いや。あの人、さっき俺のことじろじろ見ていたから、なにかなって思って」

「ああ、遠藤さん——」

小さくなっていく中年女性の背中を見た神崎が、言った。

「気にしないでください。どこにでもいるでしょう? 主婦仲間たちのリーダー的な立場にいる、噂好きの人って」

神崎は陣内を玄関に招き入れ、ドアを閉めた。

神崎は実年齢よりもだいぶ若く見える。美人の部類に入るだろう。彼女は一人暮らしで、しかも今は独身だ。そんな彼女の部屋を訪れる若い男——。〝噂好きの主婦〟には格好のゴシップだ。

陣内が通されたのは、前回通された和室ではなく、普段神崎が生活しているであろうリビングだった。

「――ごめんなさい。散らかってますけど。どうぞ、適当な所にお座りになってください」

「いいえ、全然。僕の仕事場に比べたら、とても綺麗ですよ」

夏用に炬燵《こたつ》掛けが取り外された、電気炬燵。壁にかけられた白い時計、一八インチほどのテレビ。その上には青い花瓶が置かれていた。花は活《い》けられていない。空っぽだ。

窓際の席に腰を下ろしながら、陣内は言った。

「今日、僕がここに来たのは、ご迷惑でしたか?」

いいえ、と神崎は首を横に振る。

「元々、私は、ここの住人の方々とは親しくしていませんでしたから、噂が立つのも仕方ありません。でも、噂といっても、別に大したことではないんです。ああいう噂好きな人はどこにでもいますけど、それと同じように、私のように家に閉じこもりの人も珍しくありませんから。ここの住人で、私の能力を知っている人なんて誰もいませんし」

すね」

「テレビで観たんですけど、亡くなった西園寺さんは相当な変わり者だったみたいで
「ええ、私より、はるかに」

そう言って神崎は冗談っぽく笑った。

「変わり者であることがいけないという訳ではありませんが、女子中学生に金を払って淫行《いんこう》するのは、あまり感心しませんね。ところで、神崎さん」

「はい?」

陣内は、強く思った。今夜、俺は自殺する。誰が何と言おうと、それを止めることはできないのだ。強く強く、念じた。

「僕から、なにか、感じませんか?」

神崎は首を横に振って、いいえ、なにも、と答えた。

「陣内さんは、まだ死にませんよ」

「嘘です。だって僕、今夜事務所で首を吊って自殺することにしたんですから」

「ご冗談は、止めてください」

「本当です。それなのに、どうして神崎さんはそれを予知できないんですか?」

神崎は、陣内を見つめ、答えた。

「それは、今夜陣内さんは死なないからです。少なくとも今日から数日間は死ぬことはありません」

「でも、自殺することに決めたんだ」

「決めたことと、実行することの間には、天と地ほどの差があります。あなたは、今夜死にません。私の能力を試そうとしても、無駄ですよ」

「じゃあ、賭《か》けますか？」

そう口にしてから、陣内は、その自分の言葉がいかに滑稽《こっけい》なものかすぐに悟った。賭けに勝つということはつまり、死ぬことなのだ。

「今日は、お仕事はだいじょうぶなんですか？」

陣内の馬鹿げた質問には答えずに、神崎は尋ねてきた。

「ええ、アシスタントを一人増やしましたからね。僕の方こそ、こうやって何度もおじゃましてすいません」

「いいえ。私は陣内さんと違って、時間をもてあましていますから――。誰とも接しないように暮らしているといっても、やはり孤独は辛いですから」

そう言い残して、彼女はキッチンに消えた。暫く待っていると、初めてここを訪れた日と同じように、熱い緑茶が出された。

「お若い方には、こんな年寄りの飲み物はお口にあいませんか――？」

「いいえ、僕もお茶好きですよ。徹夜で原稿描くときには欠かせませんからね。でも、神崎さんが年寄りだなんて、ご冗談でしょう」

「確かに、私はまだ老人と呼ばれるには早いでしょうけど、陣内さんに比べたら十分年寄りです」

「そうですか？　正直、僕には神崎さんがもうすぐ五十歳になるなんて信じられませんよ。まるで、年齢を感じさせません」

「もし、私が若く見えるとしたら――それは多分夢中になれるものがあるからです」

「なんですか？　ひょっとして恋とか？」

冗談めかして、陣内はたずねた。

神崎は苦笑いしながら、首を横に振った。

「こんなおばさんを相手にしてくれる人なんていませんよ。私が夢中になっているのは、陣内さん、あなたの描く『スニヴィライゼイション』です」

「それはそれは――光栄ですね」

「私、今まで、漫画って全然読まなかったんです。やっぱり子供の読み物だっていう偏見があって。でも何気なく『スニヴィライゼイション』を読み始めたら面白くて止められなくて。今ではもう夢中です」

「それじゃあ、他の人の漫画も読んだりするんですか？」

「ええ。『インターナル』に掲載されている他の人の漫画も少しは読んでみるんですけど、やっぱり『スニヴィライゼイション』に比べると、あまり面白くありません。なんだか非現実的な気がして」

「『スニヴィライゼイション』も十分非現実的ですよ。なにせ宇宙戦争ですからね」

「確かに設定はそうですけど、なんていうか、登場人物のモチベーションに、凄く共感できるんです」

ただの美少女ならば、読者はあんなにもハルシオンに熱中はしないだろう。ハルシオンのキャラクター造形が優れていたから、熱狂的なファンを多数獲得したのだ。ハルシオンをもう登場させないとなると、それに代わる新たなキャラクターを一から作らなければならない、それを思うと陣内は気が重くなる。

「夢中になれるものがあるから、若く見える、か――」

陣内はつぶやいた。

「陣内さんが、今、夢中になっているものは、なんですか？」

今度は陣内が苦笑する番だった。

「僕が今、夢中になっているのは、神崎さん、あなたの能力です」

そう冗談めかして、言った。

「こんな能力――ない方がましです。他人の運命なんて私は知りたくないのに」

「いらないんだったら、その能力を、僕にくださいよ」

「そんなことが簡単にできるのなら、苦労はしません」

「僕は、欲しいですよ。神崎さんの、能力が」

その後に続く、もしトリックではなく本物だったら、という言葉を飲み込んだ。

「もし僕に神崎さんと同じ力が備わっていたら、あの時、里美が出勤するのを無理矢理にでも止めたのに」

「結果は同じです。もし陣内さんが、里美さんが車を運転するのを止めさせようとしても、きっと里美さんは死んでいたでしょう。だから同じです」

「それは、運命だから？」

神崎は、頷く。

「昔、親しい人々の死を予知した時、私は、一生懸命、防ごうとしたんです。でも、みんな徒労に終わりました」

「運命は、変えられないんですか？」

「変えることは、決してできません、それは決まっているから」

理不尽だった。神崎がなにを言っているのかが分からなかった。思わず、声を荒らげた。

「だったら、どうしてあんな手紙を出したんですッ」

神崎は、怯《おび》えたような表情を浮かべた。

陣内は事務的に頭を下げた。混乱していた。神崎の予知能力など、本当は信じていないはずだ。それなのに、どうしてこんなに取り乱すのか、自分でもわからなかった。

「すいません――感情的になって」

「ごめんなさい」

神崎はハンカチで目頭を拭っていた。

「たとえ無駄でも、無駄だと分かっていても、あの時、私は、あの手紙を出さずにはいられなかったんです。もしかして、運命が変わることが一回ぐらいはあるかもしれない。今度こそは大丈夫かもしれない。そんな期待が、確かに私にもあったんです。でも――」

その言葉を、陣内が引き継いだ。

「でも――結局、運命は変わらなかったと？」

暫く黙りこんだ後、先に口を開いたのは、陣内の方だった。

「僕はずっと思っていたんです。未来というものは、ノートの真っ白なページみたいに、まだなにも決まっていなくて、自分の意志で決めていけると。でも神崎さんの仰る通り、死ぬという運命が決まっていてそれが変えられないのなら、人には自由意思など存在しないということになる。自分の意思で決めて選択しているつもりでも、実は、その意思さえもすべて決定されていると。宇宙の始まりから終わりまで、すべてのことが、どんな些細なことでも、決まっていることだと。だから、変えられないと」

「そこまでは――私には分かりません」

「どうしてです？　どうして、人の死なんです？　どうして明日の天気とか、競馬の結果とか、次の首相だとか、そういうのじゃなくて、人の死なんですか？」

「分かりません――」

神崎は目頭を拭うのを止めない。泣いたってごまかされない、早くボロを出せ、あの手紙はでっち上げだと認めるんだ、そんなことを期待している自分がいた。

「私には、分からないんです。誰も、望んでこんな能力を身につけた訳じゃありません――。でも、私が悪いんです。勢いにまかせて、あんな手紙を陣内さんに送ったりして――余計に辛い思いをさせるだけだったのに」

陣内は温《ぬる》くなった茶を口に含み、喉《のど》をうるおしてから、言った。

「僕も――あなたのような能力が欲しかった」

たとえ神崎が自分を騙《だま》していたとしても、その言葉は本心だった。神崎のような能力を持っていたら里美を救えたかもしれないのに――。

「そんなことが言えるのは、他人事《ひとごと》だからです。実際この能力を持ってみれば分かりますよ。どんなにこれが煩《わずら》わしいか。いえ、そんな生やさしい言葉では、決して表現できません」

「でも、自分の身近な人間の死を予知することができる」

「そんな能力が、必要だと思います？」

「その死を防ごうと努力することができる」

「努力したって、無駄なんです」

「神崎さんは、未だに成功していないだけで、もしかしたら、くい止める手段はあるかもしれない」

「だめです。いくら努力したって、いくら知恵を絞ったって、自分の無力さと、強《きょう》靭《じん》な運命の前に打ちひしがれて、絶望に泣くだけです」

「結果なんか――」

陣内は絞り出すような声で言った。

「どうでもいいんです。そのために努力することが僕にとっては一番大切なんです。里美のことを思うと。彼女が車の中で焼け死んでいく丁度その時、僕は自宅にいて、能天気に里美が作った朝食をとっていたんです。里美の苦しみなんて想像すらしないで――。どうです、神崎さん？　運命というものは、残酷でしょう？」

神崎は、答えなかった。ただ、憐《あわ》れむような視線で、陣内を見つめていた。

「昔っから、そうだった。里美は死んだ。その前に付き合っていた女の子も死んだ。神崎さんの能力が人の死期を読み取ることだとしたら、きっと僕の能力は好きになった女の子をこの世から抹殺してしまうことなんです――話してもいいですか？」

神崎は、静かにうなずく。

「僕が初めて女の子とつきあったのは、まだ大学に入学したての十九歳の時でした。その女の子が初めての相手でした。キスも、セックスも。友達は大抵、中学生でファーストキスを済ませ、高校生で童貞を捨てました。だからそういう友達と比べると、遅い方だったと思います」
その陣内の話を、神崎はかすかに微笑みを浮かべながら聞いている。
「相手は、大学の同じクラスの女の子でした。彼女も漫画を描いていました。だから
お互いに気が合ったんだと思います」
こんなことは他人に話したことがなかった。もちろん、里美にも。
「線が細くて、気が弱くて、無口で、風が吹けば飛んで行ってしまいそうな、そんな
女の子でした。初めての彼女だったから、僕はその子との関係を、大切に育《はぐく》みました。
昼休みには一緒に、大学の近くにあるモスバーガーで昼食をとりました。日曜日には、
一緒に映画を観ました。レコード屋に寄って僕の好きなＣＤを買ってプレゼントした
り——。同い年の僕の友達が結婚して、今度子供が産まれるって話をしながら、僕ら
も結婚しようか、なんて冗談めいたことを言って笑いあっていました。彼女は無口だ
ったし、僕も元々おしゃべりではないので、おたがいなにも話さずに、街を歩くこと
が日常でした。最初は気まずくて無理矢理話題を出していたんですけど、すぐに慣れ
ました。その会話のない雰囲気を楽しむことができるようになったんです」
「彼女のことが、好きでした？」
「——ええ」

その時は、という言葉を陣内は飲み込んだ。

「僕はそのころから漫画を描いていました。『スニヴィライイゼイション』の原型です。彼女が最初の読者でした。彼女は無口でしたから、面白い、としか言わないんです。それが本心なのか、それとも僕を気づかって言ってくれているのかが分からず、当時の僕は困惑しました。でも、彼女は一つのアドバイスをしてくれました」

「それは、なんですか？」

「ヒロインがいない、ということです。魅力的なヒロインがいれば、あなたの漫画はもっと面白くなるのに、と彼女は言いました。そのアドバイスに従って、僕はハルシオンを描きました。今のハルシオンとは少し違います。その時のハルシオンは、髪型は短い黒髪で身長もそう高くありません。デビューする時に、編集者の意見などを参考にして、男性読者の目を意識してスタイルを良くしたんです」

「そうだったんですか。ファンも知らない、創作秘話ですね」

そう言って神崎は微笑んだ。

「丁度ハルシオンというキャラクターがリニューアルした時に、僕は彼女と別れる決心をしました。彼女のことは好きだったんですけど、もっと好きな人ができたんです。それが里美、でした。僕は里美とつきあい始めてからも、彼女との関係を続けていました。

いけない人ですね——と神崎は言った。その通りだと、自分でも思った。

「僕は里美の方が好きになってしまいました。でも彼女のこともとても好きだったんです。彼女はあまり自己主張するタイプではありませんでした。ただうっすらと微笑みを浮かべて僕の話に耳を傾けてくれました。デートの時、どの映画を観るか、なにを食べるか、みんな僕が決めました。だから、もし彼女に別れ話を切り出したとしても——もしかしたら彼女はいつものようになにも主張せず、微笑みさえ浮かべて僕と別れてくれるんじゃないだろうか——そんな気分に、なったんです」

身勝手な感情だと、今になっては思う。

「彼女とは別れたい。でも別れる時ぐらい、自分の意見を言ってほしい。そうでなかったら哀しすぎる。そう思ったんです。僕はわがままだったでしょうか？」

神崎は無言で首を振った。

「里美は——彼女とは違いました。お互いの会話がなくなると、気をつかってか、いつも里美の方から話題を出してくれました。なにを観たい、なにを食べたい——もちろんそれはわがままとは違います。僕一人で選択することが重荷の時に、里美は自ら進んで意見を出してくれたんです。そんな里美は、僕にとって新鮮でした。でも僕は今まで付き合ってきた彼女に別れ話を切り出せず」

結局、みんな自分がいけなかったんだ――と思った。

「一年経ち、二年経ちました。『スニヴィライゼイション』は人気漫画になりました。それで僕は調子に乗ってました。一流と呼ばれる店で酒を飲み、国産の軽自動車をBMWに買い換えました。後に婚約する時、里美にも外車を買ってやりました。そして華やかな里美に比べると野暮ったい彼女が疎《うと》ましく思えてきたんです。私、邪魔かな。そう彼女が僕にたずねるまで、時間はかかりませんでした。やはり口に出さずとも、態度で分かることってあるみたいです。そんなことないよ、と僕は答えました。でも正直、嘘でした」

「その嘘に、その人は気づきましたか？」

「ええ――。陣内君、嘘ついてるの？　僕の心を見透かしたように彼女はたずねてきました。――嘘なもんか、と答えました。でも彼女は信用しませんでした。私、あなたと別れてもいいのよ。聞いたよ。単行本ベストセラーだってね。おめでとう。だからあなたみたいな才能のある人には、私みたいにださい女の子じゃなくて、もっと綺麗な人が似合ってるのよ――と彼女は言いました。いつも、自分の意見をあまり言わなかったから、その言葉はいっそう深いものでした。僕は必死になって答えました。

そんなことない、そんなことないんだって――」

「それから？」

「やはり僕と彼女はお似合いのカップルだったんです。彼女はあまり自己主張しないタイプでした。でも僕も同じだったんです。そうでなかったら、すぐに彼女に別れ話を切り出しているはずです。性格が似ているから――お互い引かれ合った。でも、里美は、彼女や僕にないものを持っていました。似たもの同士の彼女とつきあっていたからこそ、僕の目には里美のような女性が斬新《ざんしん》に映ったんです。漫画を描いている時も、どうしてあの彼女の問いかけにイエスと答えなかったのだろうか。どうして、彼女と別れなかったんだろうか、そんな問いかけが繰り返し脳裏に浮かんできました。僕は彼女よりも里美の方が好きになっていました。でも彼女の気持ちを考えると、他に女ができたからって、あっさり別れるのは惨《むご》いことのように思えたんです」

「それで――結局どうしたんですか？」

「僕は彼女と別れようと決心しました。いつまでも優柔不断じゃいけないって――思ったんです。その日を、最後のデートにしようと考えました。だから、最後の思い出にしようと、贅沢をして、銀座のフランス料理店で食事をとりました。こういった店は初めてのようで、彼女はどぎまぎしていました。そういった姿が愛らしくて、僕は彼女と別れることに少し躊躇を覚えました。でも心の奥底で、押し潰しました。いつ言おう、いつ言おうと考えている内に、デートは終わりに近づきました」

　神崎はまっすぐな目で自分を見ていた。その視線が痛くて、陣内は目をそらした。きっと同じ女性だから、こんな自分の無様な過去に呆れているのだろうと思った。

「車で彼女の家まで送りました。家の前についても、彼女はすぐに車を降りようとはしませんでした。思い詰めた僕の表情を不審に思ったのでしょう。彼女は、僕の顔を見ました。不安げな、でもなにかを期待しているかのような顔をしていました。僕は彼女の名前を呼び、唐突に言いました。別れてくれ、と」

　彼女の顔形は忘れかけているのに、その表情だけははっきり憶えている。

「たちまち彼女の表情が曇り始めました。彼女がなにかを言い出す前に、僕は口を開きました。ほかの女の子と二年も前から付き合っていること、もうこれ以上だらだら続けるのはいやだから清算したいと——。いつもと違う今日のデートで、彼女の方も覚悟していたはずだと、僕は勝手に思っていました。でも、違ったんです。彼女は、唇を噛みしめ、頰に一筋涙を流して、どうして？　と言いました」

　その記憶と向き合うたび、彼女と同じように泣き出しそうな気持ちに襲われる。

「陣内君、言ったのに。私が別れようって言った時に、そんなことない、そんなことないって、言ったのに。だから私、大丈夫なんだって、思ったのに——そう、譫言《うわごと》のように彼女はつぶやき続けました。別れてくれ。僕はそうしぼりだすような声で言いました」

掌で顔を覆い、さめざめと泣いている彼女の姿が——耐えられなかった。

「幸せの絶頂から、不幸のどん底に叩き落とされた気分だよ——。彼女は泣きながらそう言いました。最後のデートだから、贅沢にしよう、そんな気持ちから選択したフランス料理も、彼女にはただ純粋に楽しいデートの一環だと思っていたんです。彼女は泣きながら車から降り、最後に言いました——」

「なんと、言ったんですか？」

「私、死ぬからね、って」

——その時の、彼女のあの表情。

「僕はその時、冗談だと思いました。それから一週間ほど、彼女から電話や手紙が頻繁に届くようになりました。里美のことをどこからか聞きつけたんでしょう。大半は、里美に対する誹謗《ひぼう》中傷でした。あの女は悪魔の娘だ、あんな女とつきあうときっとあなたは不幸になる——。尋常な様子じゃありませんでした。僕は、ただ彼女を無視しました。数日後、友人から、彼女が首を吊って自殺したということを聞かされました。

僕は里美の胸の中で泣きました。里美も、泣いていました。僕が、いけないんです。僕が、不器用すぎるから。女の子とつきあうことも、別れることも。だから彼女はあんなに常軌を逸した調子で僕に対して里美の悪口を吹聴《ふいちょう》し、そして自殺したんです」

彼女が死んで泣いたのは事実だが、ほんの少し安堵《あんど》の気持ちがあったことも否めなかった。

「彼女の葬儀に参列しました。つきあっていた時は一度も彼女の実家に顔を出しませんでしたから、僕のことに気づいた親族の方はいない様子でした。でも、苦痛でした。焼香をすませて、すぐに帰りました。僕は今でも思うんです。あの夜、彼女と別れる間際、もし、僕にも神崎さんのような能力が備わっているとしたら、彼女の自殺を食い止めることができたかもしれないって——」

——勿論、里美と別れたあの朝も。

その言葉を最後に、しばらく黙った。こんな話の後に言い出すことなど、そう簡単には見つからないことは分かっていた。

神崎にすべてをありのまま話したのか、と自分に問い質せば——今の話には若干の脚色があったことは否めない。だがこんな自分の過去の傷を、ありのまま神崎に話さなければならない道理はないのだ。そう陣内は考え、一人納得する。

＊

『陣内龍二殺害計画書』

文書ファイルの第一行目にはそう記述されていた。

パソコンを前に、三橋は腕組みをしていた。もう、ずっと一時間以上もこうしている。ディスプレイに表示されているのは、インターネットのブラウザではなく、ワープロソフトの『一太郎』だ。

――殺害計画書。

今まですべて曖昧模糊《あいまいもこ》と頭の中で考えていたことだが、こうして文字にすると、がぜん雰囲気が違ってくる。リアルで形を持った計画、という気持ちになる。だが依然として、計画はそれから一行も進まないのだから、絵空事《えそらごと》以前の問題だ。

キーを叩く。変換キーを押す、リターンキーを押す、スペースキーを押す、バックスペースキーを押す、カーソルキーを押す、デリートキーを押す。書いては消し、書いては消し、その繰り返し――。

さっきから何百回もキーを叩いているが、文字キーを押す回数と同じだけ、デリートキーを叩いているのだから、一回も打っていないのと同じことだ。

こうして、頭を悩ませているのも、自分は陣内の人となりを何一つ知らないからだ。自宅や仕事場、もちろん千夏の話で大体の場所は分かっているつもりだが、実際この眼で見てみないとてんでイメージがつかめない。自分が陣内を知る手がかりは、雑誌や新聞に掲載された、数少ない彼のインタビュー記事しかない。

陣内のプライベートを詳細に調べなければ、殺害するなんてどだい無理な話。リスクは高くなるが、結局千夏に頼るしかないだろうか。

千夏に、自分を陣内に紹介してもらうという手もある。そうすれば、彼がどんな男なのか知ることができる。殺害計画をたてるにあたって、イメージが湧《わ》く。陣内にナイフを突き付けたはいいが、体力の差があり過ぎて、逆に自分が刺されてしまったらすべては水の泡だ。

殺害計画を考えるのはいい。完全犯罪は無理にしても、それに近い計画ならば可能かもしれない。だが計画をたてるのと、実際犯行に及ぶのとでは、大違いだ。

自分は小心者で臆病者だ。それだけは自負している。『マルバヤシ』の副店長に対しても、心の中で毒づきながらも、対面するとびびりまくって冗談も言えなくなる。反抗的な態度など、もってのほかだ。

馬鹿たれ、布のガムテープは高いから紙のガムテープを使えッ――。

――は、はい。

おい、明日の月曜日、お前休みだけど、店に出てこい。男のバイトがみんな休みなんだよ。なにぃ、いやだってぇ？

――い、いえ、いやだなんて言っていません。

おい、三橋ぃ。今日の棚卸し、お前は冷凍食品のコーナーをやれ。かじかんで、手が凍りそうに冷たくなるだろうけど、文句ねえなッ？

――はい、も、文句なんてありません。やります、やらせてもらいます。

すべてそんな調子だ。こんな臆病者の自分に、果たして殺人などできるのだろうか？

パソコンを立ち上げ、三橋はブックマークに登録してある、ナイフ販売店のホームページにアクセスする。

目当ての品は、すでに決めてあった。ベンチメイド社の新製品、戦術用に作られたタクティカルナイフだ。ナイフのことには詳しくないが、〝新製品入荷！　今なら送料無料！〟の惹句に引かれたというただ単純な理由だった。

三橋は『バスケットに入れる』のボタンをクリックした。

これで、レジの画面に飛び、それから住所氏名と、クレジットカードの番号を入力すれば、このナイフは自分のものだ。

これで、自分は陣内を殺すのだ。そう強く心の中でイメージした。今は武器がなにもないから、臆病な自分に対して心許《こころもと》なく思う。だが、実際にこのナイフを手で持てば、それだけで度胸がつく。刃向かう者はこれで殺してしまえ――そう思うことができる。度胸もつくし、肝もすわる。

三橋は、マウスを動かし、ナイフを購入するために必要な会計処理を始めた。

＊

立花は陣内の目の前に、一枚の、すでに開封されている封筒を差し出した。宛先は『インターナル』編集部気付、陣内龍二。差出人は神崎美佐。五月十九日付けの鶴見の消印が押されている。

あの、西園寺健の自殺を予知したものだった。

すでに立花から電話で聞かされて内容は知っていたが、直《じか》に目にするのとそうでないのとでは大違いだ。


陣内先生、二度目のお手紙を差し上げます。予知の、手紙です。私のマンションに西園寺健という作家が住んでいます。小説家です。五月二十日、西園寺健は、自宅マンションの屋上から飛び降り自殺します。


この予言通りに、万年初版作家、西園寺健は死んだのだ。

「この手紙が編集部に届いた時、もっと注意していれば良かった」

と立花は呟くように言った。

「え？　注意って？」

「いえ、こちらの話です。なんとなく、彼女の予言のメカニズムの全貌が分かりかけているんですけど、あと一つだけ、なにかが足りない。パズルの一ピースだけが欠けているような——そんな気持ちです」

「ふうん」

「ねえ、陣内さん。僕も、その神崎という女性に会わせてくださいよ」

「立花さんが？　まあ紹介はするけど、一体どうして？　言っておくけど、予知能力者を自称している以外は、ごく普通の主婦だぜ。確かに俺の漫画のファンだけど、狂信的なフリークって感じじゃなかったよ」

「でも、僕の考えてることを彼女に聞いてもらいたいんです」

「予言について？」

「ええ」

　あの予言を作り出す方法を、立花は発見したのだろうか。

「俺には教えてくれないのか？」

「陣内さんに聞かせるより先に、その神崎さんという人に聞いてもらいたいですね」

　理不尽だった。今教えてくれても決して減るものではないのに。まあ、いい。急《せ》くことはないのだ。自分は立花を神崎に紹介するのだから、その場に居合わせることができるはずだ。まさか席を外してくれなどと薄情なことは言わないだろう。

「どうぞ、粗茶でございますぅ」

　と、慣れない敬語をどこか滑稽な口調で言い、千夏が手にお盆を持ってやってきた。

興味津々の顔つきで、テーブルに広げられた神崎からの手紙を舐め回すように見つめている。陣内はさりげなく手紙を隠すようにテーブルの隅に移動させ、裏返した。テーブルに二つの湯飲みとお茶受けを置くと、千夏は慣れない笑顔を浮かべて去っていった。

「彼女が新しいアシスタントですか？　どうです？　使えますか？」

「まあ、まだうちのやり方に慣れてないからね」

千夏は、興味津々に陣内の仕事のやり方を一つ一つたずねてきた。主に道具の質問が多かった。陣内の仕事のやり方に早く慣れようと思っていることは間違いないようだが、それよりも純粋にファンとして、プロの漫画家がどういう道具を、どういう理由で愛用しているのかを知りたい様子だった。原稿用紙はなにを使っているのか。墨汁と証券用インクはどんな時に使い分けるのか。どうしてGペンしか使わないのか――。

「彼女の他に新しく入ったアシスタントは？」

首を横に振った。

「じゃあ、今、アシスタントは細野さんと、彼女の、二人だけ？」

今度は縦に振る。

「二人だけで、大変じゃないんですか？」

「大変なもんか。アシスタントなんて二人いれば十分だ。アシスタントを使わずに仕事してる漫画家だって沢山いる。現に俺だって『スニヴィライゼイション』でデビューした当時なんか、アシスタントを使える身分なんて、夢のまた夢だったよ」

「それはそうかもしれませんけど、前は四人、アシスタントがいたんでしょう？　それが、いきなり半分に減って仕事に支障がないんですか？」

「いや、もともと、怠けたくて大目に雇っておいたんだ。これからは怠けないで精進しないとね」

陣内は毎日漫画を描いているが、腱鞘炎《けんしょうえん》になったことはない。疲れたら休む、それが鉄則だ。そのためにもアシスタントは多く雇っておく必要があった。今、自分の人気が落ち目なのは、そうやって仕事を怠けていた罰が当たったのかもしれない。

「細野さんの漫画仲間だそうですね。陣内さんのアシスタントになれば、それなりに持ち込み漫画の腕前も上がってくるでしょうね」

「細野が知り合いだったから、丁度いいかな、と思ってね」

「でも、陣内さんが個人的にそんなことしなくても、陣内龍二ほどの漫画家なら『インターナル』にアシスタント募集の告知を出せば、もう何百件と応募が殺到すると思いますよ」

「それが嫌なんだ。その何百件もの応募書類に目を通すことだけで、一仕事じゃないか」

「まあ、それはそうですけど」

「それに『インターナル』に俺の名前を出してアシスタント募集したら『スニヴィライゼイション』のファンばかり集まるのは目に見えている。『スニヴィライゼイション』のファンといえば、半分以上がハルシオンのファンだと考えて間違いない。いや、男性応募者に限ったら、百パーセント、ハルシオンのファンだ。応募書類にも書いてくるだろう、面接でも言うだろう、どうしてハルシオンを殺したんですか？　ってね。きっと『スニヴィライゼイション』の原稿にペンを入れることができるアシスタントになれれば、思いのままにキャラクターを操れるとでも思っているんだ」

「そうですね。確かに『インターナル』に募集広告を出したら、ハルシオンを蘇らせる野望に燃えた連中ばっかり集まってくるかもしれませんね」

「そんな野望、勝手に燃やしてもらっても困る。漫画の作者は俺だ。物語を作るのは俺で、アシスタントはその手伝いだ。それを、どいつもこいつも分かっていない」

そう、分かっていなさすぎる。身分をわきまえているのは細野だけだ。どいつもこいつも、アシスタントの分際で自分がハルシオンに生命を与えているつもりになっている。彼女を意のままに動かしているのは作者の陣内龍二であることを分かっていない。自分がハルシオンを殺すと決めたら絶対に殺すのだ。アシスタントが、その判断に刃向かうことなど本来ありえないのだ。

だが、あの時、細野以外のアシスタントは皆、陣内の元から去っていった。陣内のことを、ファシストや独裁者だと罵《ののし》る奴までいた。愚か者と言う他ない。彼らは、仲良く和気藹々《あいあい》と意見を出しあい、共同で『スニヴィライゼイション』を作り上げてきたという幻想を頭から信じ込んでいたのだ。馬鹿馬鹿しい。

「でも、あの千夏って子は違うんでしょう？　陣内さんが同人誌の作品を読んで、才能を見出《みいだ》した子なんですから。ハルシオンとはまったく関係ない」

「ああ、最初は俺もそう思ったよ。でも、彼女も初出勤するやいなや、ハルシオンを再び描かないのか、としつこく言ってきたんだ」

「へぇ――。彼女もハルシオンのファンなんですかね。ハルシオンのファンは男ばかりだと思っていたのに」

「いや、千夏じゃない。彼女が今つきあっている男が、ハルシオンの熱狂的なファンらしいんだ」

「でも、陣内さんは、もうハルシオンを描くつもりはないんでしょう？　いや、僕も諦《あきら》めてますよ。あれほど説得したのに、駄目でしたからね」

「このイラスト集の企画が終わったら、ハルシオンのことは金輪際《こんりんざい》忘れるよ。その内、ファン達もおとなしくなるだろう。ファンって言ったたって、浮気なもんだぜ。他に面白い漫画家があらわれたら容赦なくそれにのりかえる」

ハルシオンのイラスト集の企画は『スニヴィライゼイション』本編と並行して順調に進んでいた。『スニヴィライゼイション』の世界観と矛盾を感じさせない服装をしたハルシオンを描き下ろすことになった。良いものは何点かポスターにして販売するという。

もう勝手にやってくれ――正直、陣内はそう思う。だが、そんなことをうっかり口にすると、本当に立花は勝手にやるから油断はできない。

諸々《もろもろ》のラフスケッチの隣に置かれた神崎からの手紙に何気なく目をやった。例の、西園寺健が自殺することを予知した手紙だ。その視線に気付いた立花が、おもむろに言った。

「陣内さん、今日はこの後、なにか予定ありますか？」

「予定ですか？　もちろん暇じゃないですけど、今日でなければいけないっていう仕事は、立花さんとの打ち合わせが終わったら、特にないですよ」

「そうか、それは良かった」

「なに、企んでいるんですか？」

「さっき僕に言ったでしょう？　その神崎という女性に会わせてくださいって。話したいことがあるんです。今から会えませんか？」

「今から？」

「ええ」

「でも、立花さんの推理は、まだ完璧じゃないんでしょう？」

「しかし、十中八九は当たってると思いますね。まあ、いい線行ってるんじゃないかと」

立花はどこか得意げな表情をしている。よほど自信があるのだろう。

陣内は無言で携帯電話を取り出した。神崎の自宅の番号にダイヤルする。勤めていたパートも辞めたと言っていた。元から外出することを好まない神崎は、恐らく自宅にいるだろう。

陣内の予想通り、神崎はすぐに出た。

『——ああ、陣内さん』

「どうも――。これから神崎さんのお宅に伺いたいんですけど、よろしいですか？」

『はい。もちろん、構いません。嬉しいです』

「ちょっと一人連れがいるんですけど」

立花は、まるでいたずらっ子のように、楽しげな表情を浮かべていた。


数十分後。

陣内と立花は、鶴見のマンションの、神崎の部屋の前にいた。ここを訪れたのはこれが三回目だ。

インターホンを押すと、すぐに神崎が顔を出した。

彼女は陣内に軽く会釈をし、立花に、初めまして、と挨拶した。立花は名乗りながら名刺を差し出した。その名刺を、物珍しそうに神崎は見つめていた。

「立ち話もなんですから、どうぞ、お上がりになってください」

そう言って二人を室内に通そうとする神崎を制し、立花は言った。

「どこか外で話しませんか？　夜風が気持ちいいですよ」

鶴見の駅前を三人で歩いていた。陽はすっかり落ち、街のあちらこちらに灯がともる。だが人気《ひとけ》は多く、まだ若者や買い物客で賑わっている。

「えーと、どこがいいかな？　なるべく人が多い所がいいんだけどなぁ。ねえ、神崎さん。どこか行きつけの喫茶店とか、ありませんか？」

神崎は無言で首をふる。

「そうか、残念だなぁ」

立花は駅前を、当てもなくうろうろと歩いていく。その後を、陣内と神崎はただついて行く。立花に聞かれないよう、小声で陣内は神崎に言った。

「ごめんなさい。こんな人の多いところに連れ出して」

「いいえ――。私は大丈夫です」

そう言う神崎の表情は、とても青白い。神崎の部屋で二人っきりになった時に見せる、明るい表情の機微は微塵《みじん》もない。

「立花、普段はこんなに横暴なことはしないんだけど。どうして今日に限って」

神崎は人ごみが嫌いなのだと立花に言い諭《さと》したが、彼はまったく聞く耳を持たなかった。

「どうしたんです？　陣内さん？」

小声になって話す二人に気づいたのか、立花が声をかけてきた。

「いや、なんでもない」

「なんです？　僕にも教えてくださいよ。内緒話なんて酷《ひど》いなぁ。神崎さん？　そろそろ誰かの死を予知できましたか？」

神崎は、その質問には答えない。

「おい、立花さん——」

見るに見かねて、陣内は言った。だが立花は真剣な顔つきで、陣内を見た。睨《にら》み付けているようにも思える。

「黙ってつきあってください」

有無を言わせぬ、口調だった。その言葉で、陣内はなにも言えなくなった。

立花は、人ごみの中で話ができる場所を探して、あちらこちらをきょろきょろと見回しながら歩き続けている。

あの映画館に差しかかった。壁に沿って若者達が並んでいる。この映画館に並ぶほど客が入っているなんて、初めて見る光景だった。嫌な予感がした。立て看板を見やると、その予感は的中していた。

立て看板の上映スケジュールは、あのインド系イギリス人監督の二本立てから、別のものに変わっていた。陣内は声に出さずに舌打ちをした。女々《めめ》しく逡巡《しゅんじゅん》などしていないで、さっさと観てしまえば良かったのだ。四時間ぐらい時間を無駄に使っても、大勢にはさほど影響なかっただろうに。後悔先に立たずとは正にこのことだ。

立て看板や、ガラスケースの中に貼られたポスターから察するに、どうやら今夜はレイトショーが行われるらしい。全編ＳＦＸで塗り固められたハリウッド製のＳＦアクション大作のシリーズを、一晩中上映しているようだった。上映開始にはまだ十分時間があるようだが、人気作ゆえに、こうして並ばなければ良い席は確保できないのだろう。

神崎はますます顔色が悪い。なんだか若者達の列から一歩でも遠くに離れるように歩いている。

「あんな奴放っておいて、映画でも観ますか?」

冗談めかしてそんなことを言った。

「――変なこと言わないでください」

神崎は、青白い表情のまま、くすりとも笑わずに答えた。

「この映画館、私も良く来てたんです。一人で時間を持て余している時には、丁度いい暇つぶしになりますから」

「映画、お好きなんですか?」

「ええ――俳優のお芝居には興味があります。私、高校の頃、演劇部に入っていましたから――」

その時、立花が言った。

「ああ、あそこ。あそこがいいですよ。人もいっぱいいるし」

と彼が指さしたのは、映画館の通りをはさんで向かい側にあるカフェだった。オープンテラスの席には、若いOL風の女性達や、読書に勤しんでいる学生らしき若者達が座っていた。

立花は、その中の一つのテーブルを選んで腰を下ろした。テラスの端で、比較的すいている場所だった。陣内と神崎は、しぶしぶといった様子で椅子に座った。セルフサービスの店らしく、レジでコーヒーを買って客が自分でテーブルに持ってくるシステムになっている。食欲もなければ、なにかを飲みたい気分でもなかったので、なんでもいいから買ってきてくれと立花に言った。神崎も同じ様子だった。

「じゃあ、ちょっと待っててくださいね」

そう言い残して、立花はレジへと向かった。

「ごめんなさい」

立花が向こうに去っていったのを確認してから、陣内は神崎に頭を下げた。

いいんです、と無愛想に神崎は答えたが、立花の行動を不快に感じているのは明らかだった。

しばらく後、立花は三つのアイスコーヒーをプラスティックのトレイに乗せ、戻ってきた。コーヒーカップは使い捨てのものだ。

「どうです？　人たくさんいますよ。神崎さん、この店の中で誰が死ぬんですか？」

さすがに周囲の視線を憚《はばか》ったのか、立花は小声で言った。

「予知能力が発揮できないのならば、いくつか僕の質問に答えてもらえますか？」

神崎は立花の質問に答えようとする素振りなど見せない。かまわずに立花は話を続ける。

「どうしてあなたの予知は、必ず手紙という媒体によってもたらされるんですか？公的な書類や、長文のメッセージならいざしらず、あなたが陣内さんに送った二通の手紙は、陣内さんの婚約者だった桑原里美さんの事故死、そしてあなたと同じマンションに住んでいる作家の西園寺健氏の自殺を予知する内容でした。それらの手紙は、非常にシンプルなものです。ただ単純に、目的を伝える、という役割しか持たない手紙です。だったら、電話でもいいじゃないですか。メールでもいい」

「それは――」

おずおずと神崎は口を開いた。

「それは？」

「私は、陣内さんの電話番号もメールアドレスも知らないからです」

「そう、陣内さんはあなたに教えていませんからね。でも、陣内さんが教える教えないは別問題として、あなたが陣内さんにたずねてもいいはずでしょう？　しかし、あなたはたずねなかった。なぜです？」

「なぜって、別に――手紙で十分だと思いましたから」

「単行本の奥付には編集部の電話番号が記載されている。『インターナル』のホームページから編集部にメールを送ることだってできる。それなのに、どうしてわざわざ郵便で手紙を送ってくるんですか？」

「でも、それだと陣内さんに私の予言を聞いてもらう前に、編集部の方が予言の内容を知ってしまいます。それだと、都合が悪かったから――」

最初に編集部を通したら、まず間違いなく、怪しい怪文書か悪戯《いたずら》電話として処理されてしまっただろう。第三者を経由しては、陣内に予言の内容が正確に伝わるかどうかも疑わしい。

「そういう理由付けもできますね。でも本当は違うんでしょう？」

すべてを見通したような不敵な視線で、立花は神崎を見た。

「そもそも、あなたの予言は、手紙でなければ成立しないものなんですよ」

「——あの手紙がインチキだと？」

黙っていることに耐えられず、陣内は二人の話に口を挟んだ。

「まあ十中八九、そうでしょうね。もちろん、まだ分からないことはありますけど。神崎さん、僕は予言なんて信じてないんですよ。多分、陣内さんだって、本心からあなたのことを信用しているはずじゃない。予知能力だなんて——信じるのは幼稚園児か、せいぜい低学年の小学生ぐらいです。僕の推理にどれだけ穴があろうと、予言なんてものが成立する可能性に比べれば、十分信憑性《しんぴょうせい》は高いですよ」

「——私が、どういうトリックを使ったっていうんですか？」

「手紙という媒体が、メールや電話と決定的に違う点は、なんでしょうか？　それは、予知が予言になるインターバルの差です。あなたが他人の死を感じ取ったら予知、それを言葉にして誰かに伝えたら予言だ。ここまではいいですね？　電話ならば、即座に予知は予言になる。メールは開くまでに少し時間を空くかもしれないけど、送信したらすぐに相手の元に届くという点では変わりはない。だが手紙は別だ。予知をする。その内容を書く。宛先を書いて、封をして、ポストに投函する。バイク便じゃないんだから、その日のうちに編集部に届くなんてことはありえないでしょう。更に編集部から陣内さんの家に転送するのだから、インターバルは広がる一方だ。一週間ほどかかっても不思議じゃない」

「なにを——仰《おっしゃ》りたいんですか？」

耐えられなくなったのか、神崎は訝しげな表情でそう言った。だが立花は、怯《ひる》まない。

「つまりですね。僕が言いたいのは、その手紙が陣内さんに届いた時には、もうあなたが予知した人達はすでに死んでしまっているってことなんです」

西園寺健、それに——。

里美——。

「そんなの、本来予言でもなんでもないですね。にもかかわらず、あなたの予言を予言たらしめているものはなんでしょう？　考えるまでもない、それは封筒に押されている消印です」

消印の日付は、いずれも二人が死ぬ以前のものだった。

「あの消印が偽造だったと？」

「いいえ、違います。消印は本物です。神崎さん、そろそろ、答えを言いましょうか?」

神崎は、黙って目を伏せ、うつむいていた。そんな彼女の様子に構わず、立花はおもむろに言った。

「あなた、手紙を入れ替えましたね?」

神崎は答えない。

「どういうことだ?」

彼女に変わって、陣内が問い質した。

「この人は、ニュースかなにかで里美さんが交通事故で亡くなったことを知ったんだ。これは陣内さんに近づくチャンスだと思ったあなたは、里美さんが亡くなる前日の消印が押された封筒に予言のメッセージを入れて、陣内さんに届くように仕組んだ。違いますか?」

陣内は立花のその言葉の意味をしばらく考え、

「ちょっと待ってくれよ、立花さん。里美が死んだ日の前日の消印が押された封筒?そんなものを、どうして都合良く神崎さんが持っていたんだ?」

立花は、すべてを知り尽くしたかのような笑みを浮かべ、陣内に言った。

「その日だけじゃ、ないんですよ。この人は、毎日手紙を出しているんだ。自分宛に」

「自分宛？」

「そうです。陣内さん、思い出してください。あの手紙の宛先、どうなってました？」

「編集部の住所――」

「その宛先に、なにか特徴はありませんでしたか？」

「――ワープロで印刷されたラベルが貼られていた」

「そうですよね。きっとラベルの下には、この人が住んでいる、あの部屋の住所が書かれていると思いますよ」

陣内は、神崎と立花の表情を交互に見やる。立花はどこか得意げで、神崎は能面のように表情がない。

「毎日、あなたは自分に宛てて手紙を出していた。もっとも中身は空っぽですけど。きっと、仮止め用の糊《のり》かなにかで封をしたんでしょう。あなたの元には毎日、その空の封筒が届けられる。当然、消印の日付はみんな違う。あなたは毎日注意深く、事件や事故のニュースをチェックしていたはずだ。そして、これはと思うニュースがあったら、その日以前の日付の消印が押されている封筒に、あたかも予言のような内容の手紙を入れ、厳重に封をした。そして編集部に直接持ってきたんだ」

「直接だって？」

「それしか考えられないでしょう」

「セキュリティはどうなってるんだ？　そんな簡単に社内に忍び込めるのか？」

「みんな、自分の仕事で忙しいんです。他人に気を配っている人なんていませんよ。手紙は、編集部の棚でも、机でも、どこか空いているところに適当に置いといて、すぐに立ち去ればいい。いずれ誰かが気づきます」

「警備員は？　他人に気を配る職業だろうが」

「もしかしたら、神崎さんは、どこかでビジターズバッジを手に入れたのかもしれない」

「ビジターズバッジを？」

立花が言っているのは『秋花舎』の社名がデザインされた赤いプラスティック製のバッジのことだ。バッジは受付に身分を明かして初めて手に入れることができる。秋花舎の社員以外の人間が社内に立ち入る場合、バッジを服の目立つところに常につけておかなければならない。

逆に言えば、そのバッジさえつけていれば、一日中社内をうろついていても、とがめる者など誰もいないということだ。

「あれ、返却するの忘れて、つけたまま帰ってしまう人結構いますからね。ある程度の数は外部に流出しているかもしれない。神崎さん、インターネットのオークションやられているんですよね。もしかしたらそれで落札したのかも」

「そんなもんがオークションに出品されるはずがない」

「分かりませんよ。僕もオークションをのぞいたことがあるけど、もうありとあらゆるものが出品されていますから」

「だけどビジターズバッジを出品するなんて。会社の備品を盗んで出品してるってことだろ？　そんなもの、オークションの管理者に出品を取り消されるに決まっている」

「盗品かどうかなんて、管理者や入札する人には分かりませんよ」

「いや、でもな——」

　陣内は立花の推理に必死に反論を試みる。神崎を庇《かば》ってやりたいという気持ちが、自分の中に確かにあった。何故なのかは分からない。立花の言うことを信じれば、それですべては説明がつくのに——。

　もしかしたら、神崎に情が移ったのかもしれない——そう思った。

「私、そんなバッジ知りません」

初めて神崎は、強い声で否定した。

「――それに私がそんなトリックを行ったという証拠だって、なに一つありません」

立花はその神崎の言葉には応《こた》えずに、陣内に言った。

「ねえ、陣内さん。証拠が一つもない僕の推理と、この人のオカルトじみた予知能力と、一体、どっちを信用するんですか？」

「俺は――」

陣内は、答えられなかった。

「陣内さんは、私の能力を信じると言ってくれました」

と神崎は言った。立花は大げさにため息をついた。

「それは陣内さんが単に優しい人だから、あなたを気づかってそう言っているだけです」

「――おい」

「違うんですか？」

その質問にも陣内は答えられなかった。

「どうしたら――私の能力が本物であることを信じてくれますか？」

「さっきから言っているでしょう。ここには人がたくさんいますよ。手紙で知らせるなんてまどろっこしいことしないで、今ここで、誰が死ぬのか、僕に教えてくださいよ」

神崎が陣内を見た。

いいんですか、と小さな声で問いかけた。

その表情は今にも泣き出しそうにも、見える。

「――神崎さん」

神崎は目を閉じた。小さくため息をつき、うつむいた。そしてしばらく後、天井を見上げるように大きく顔を上げて、また息を吐いた。その動作につれて、神崎の髪が揺らいだ。彼女の周辺の空気まで揺らいでいるように、陣内には見えた。

神崎の頬には、一筋の涙が伝っている。

彼女は、言った。

「みんな――死ぬわ」

立花の表情が青ざめた。

「みんな、って誰のことです？　この店の人達？」

その陣内の問いに、神崎は首をふる。

「違います。向こうの人達です——。さっきあそこを通りかかった時に、感じたんです」

そう言って、神崎は通りを挟んだ向こう側を見た。

そこには先ほど通りかかった映画館があった。

レイトショーを観るために、沢山の若者が列を作っている——。

血の気が引いて行くのを、感じた。

「多分、電気系統のショートだと思います。火花が散ってる。熱を感じます。焦げ臭い匂いも。大勢の人達が一斉に出口に駆け寄ります。でも外に出られたのはほんの僅《わず》かです。みんな煙にまかれて倒れていきます——」

「いつ？」

「今日の深夜——正確には明日の未明です」

「馬鹿な」

立花がそうつぶやいた。その声は微かに震えている。

陣内は、思わず立ち上がった。神崎は、陣内を見上げ、言った。

「無駄です。もう変えられない。決まっていることなんです」

「でも」

「こんなの、ただの、はったりだ」

つぶやくように立花は、そう言う。

「明日になれば、あなたにも分かります。私が正しかったってことが。未曾有《みぞう》の大惨事です。きっと大きなニュースになるでしょう」

立花の目をしっかりと見て、神崎は言った。

陣内は、ふらふらと店の外に出た。そして通りの向こうの映画館に近づいてゆく。その陣内の行動に慌てふためいたのか、立花は空になったコーヒーカップをダスト・ボックスに突っ込み、急いで後を追ってくる。

立花が腕をつかんだ。

「陣内さん、行かないでください」

「離せ」

「行ってどうするんですか？　あそこに並んでいる連中に、お前ら死ぬからさっさと家に帰れ、とでも言うんですか？」

「離せって言ってるんだッ」

「そんなことをしたって、誰も信用しません。下手《へた》をしたら警察に突き出されるのがオチです。あなたは有名人なんです。スキャンダルになりますよ」

「――陣内さん」

その言葉で、陣内は振り返った。

そこには神崎が、いた。

「だから、言いたくなかった」

そう神崎が呟いた。陣内は彼女につめよった。

「なあ、あそこの映画館が火事になって、それでみんな死ぬんだろう？　だったら映画を観るのを止めさせればいい。そうしたら助かる」

その陣内の言葉に、神崎は静かに首を振る。

「――でも」

「私も、そう思いました。だから何度も食い止めようとした。あなたに里美さんの死を知らせる手紙を送りました。でも、そのすべてが無駄に終わりました」

「例外は、認められないんですか？」

「例外なんて、元々、存在しないんです。人はみないつか死にます。私ができることは死期が近づいた人間を判別することだけ。死期そのものに干渉することなんて、誰にもできないんです」

　呆然と立ちつくす陣内の耳元で、立花がささやいた。

「まさか、信用しているんじゃないでしょうね」

　陣内は、つぶやくように答えた。

「それじゃあ立花さんは、信じていないっていうのか？」

「信じるもなにも。こんなのは、とんだ茶番劇だ。馬鹿馬鹿しい。大人が三人でする話じゃないですよ」

　陣内は神崎に近づいた。もうどうしていいのか分からなかった。

　神崎は請うような眼で陣内を見上げ、言った。

「ごめんなさい。あなたが混乱するのは分かっていたから、私、黙っていようと思っていたんですけど。あの人が挑発するから、私、思わず言ってしまいました」

「あなたが謝ることじゃない。立花が不愉快なことを言って申し訳ありませんでした。彼はあの手紙を作り出す方法の一つを思いついたから、調子に乗ってるだけなんです」

「陣内さん――」

　立花が、不安げな声を投げかけてきた。陣内は振り向いた。そこには、先ほどまで自信に満ちた声で推理を披露していた彼はいなかった。

「――明日になればすべて分かる」

そう陣内は言った。

*

いつも千夏と泊まるラブホテルの五〇二号室。通信カラオケ対応のこの部屋は千夏のお気に入りだった。もちろん、金は三橋が出している。一泊九千円の部屋。五百円引きのメンバーズカードを持っているから、フロントに払ったのは八千五百円だ。

九千円だろうと八千五百円だろうと、決して高い料金ではない。だが、フリーアルバイターの三橋は無闇《むやみ》に贅沢をできる身分でもない。せめて一泊八千円の三〇二号室を希望したが、千夏にすげなく却下された。

お給料出たら今度は私が奢《おご》ってあげるからね――そう千夏は言う。自分より金を稼ぐからといって、でかい面《つら》をされるのはごめんだった。第一、アシスタントの給料など高が知れているに違いない。

ブルーの照明の下、三橋は言った。

「陣内龍二大先生の様子はどうなんだ？」

「様子はどうって？」

「落ち目になって、悩んでるんじゃないのか？」

千夏は唇を尖らせた。

「落ち目なんかになってないもん。ちょっと読者ランキングの順位が下がったぐらいだもん」

「それが落ち目だっていうの」

三橋はテレビのリモコンを手に取った。2チャンネルはアダルトビデオだが、通常放送もやっているはずだ。リモコンのボタンを適当に押した。早朝で、どこの局もニュース番組だ。音声を少しだけ上げる。元よりニュースの内容などに興味はない。ただのBGMだ。

以前のぞいたアダルトグッズのホームページである商品を注文した。バイブレーターやローターに比べれば、可愛いおもちゃだった。だがそんなものでも、やはり実際のセックスに使うのには抵抗があった。千夏がどの程度、性に対してオープンなのか、つきあっている三橋にも分からないからだ。あの程度の小道具も許容できない奥手かもしれない。

三橋は、『マルバヤシ』でのバイト中ずっと考えていた計画の一部を、千夏に披露することにした。

おずおずと、三橋は口を開いた。

「千夏?」

「なぁに?」

「今度、俺を大先生に紹介してくれよ」

「うん、いいよ」

「いいのか?」

やけにあっさりと千夏がＯＫを出したので、逆に拍子抜けした。

「三橋君『スニヴィライゼイション』の大ファンでしょ。いつその台詞言うのかなって、私、ずっと考えてたもん」

「――そうか」

「先生、今、仕事だけじゃなく、いろいろとプライベートも忙しいらしいけど、でも前もって言っておけば予定が空いている日に会ってくれるんじゃないかな。サインももらったり、握手してもらうだけでしょ? まさか自分もアシスタントにしてくださいってお願いするわけじゃないでしょうね？」

「そんなことするかよ」

「ふふふ、三橋君、ハルシオンが死んだことを嘆いていたもんね。自分がアシスタントになって直接ハルシオンを描こうと考えたっておかしくないもん。でも無理だよ。アシスタントっていうのは、要するに先生のお手伝いだもん。先生に指図なんてできないよ。第一、お手伝いって言ったって、三橋君ベタぐらいしかできないんじゃないのぉ？　ふふふ」

ベタ——指定された箇所を真っ黒に塗りつぶすこと。確かに、それぐらいなら自分にもできそうだ。

「でも、それも駄目かな。三橋君、ぶきっちょだもんねー。原稿駄目にしちゃって、クビになるに決まっているよ」

「ふんッ。馬鹿にしやがって」

三橋は、むくれてそっぽを向く。

「すねないでよ、もうッ——」

千夏はふざけて三橋の身体に触ってくる。邪魔くさいから毛布にもぐり込む。それでも千夏は毛布の上から、三橋くぅん、と馬鹿にした声で自分の身体を揺する。しばらく耐えていると、つまんないの、という千夏のすねた声と共に、身体の揺れが止んだ。

毛布の中で、三橋は思考をめぐらす。

陣内龍二。いったいどうやって殺そうか。殺すだけなら簡単だが、逮捕されてしまっては意味がない。簡単な小包爆弾でも作って送るか。インターネットで探せばある程度の情報は手に入るだろう。だが、確実な手段ではない。〝簡単な小包爆弾〟では殺傷能力が低いのは目に見えている。それに、陣内が自らその小包爆弾を開けるのかどうかも考えものだ。ファンから送られてきた怪しげな小包は、事前に編集部でチェックされる可能性が高いだろう。

どうする？　深夜、闇夜にまぎれて背後から襲うか？

その時、

「いやぁ――。怖い」

千夏の声が聞こえてきた。

自分に言っているのかと思い、もぞもぞと毛布の下から顔を出す。だが、違った。

千夏の視線はテレビの画面に釘付けになっていた。

先ほどチャンネルを合わせたニュース番組だった。

「火事?」

「うん、そうみたい。怖いねぇ。映画館だって」

画面に表示されるテロップ。『中継・横浜市鶴見区』行ったことのない地域だ。

『——ここの映画館は、地下にもぐって行くような形になるんですね。外に出る階段は、非常口をふくめて三つありますが、いずれもすれ違うことが辛うじてできるぐらいの細いものです。老舗《しにせ》の映画館で、防災管理はきちんとできていたのか、調査がまたれる所です。出火当時、この劇場の百三十七席ある座席は、ほとんど埋まっていたようです』

テレビで良く見かける男性アナウンサーがスタジオと会話をしている。カメラは映画館の外壁を映しだす。アップする。その外壁には映画館の名前が書かれている。画面はスタジオに切り替わる。男女二人のキャスターが沈痛そうな面持ちで、アナウンサーと言葉を交わしている。再び中継に切り替わる。

映画館横の開けた広場は、青いシーツで隠されている。あの向こうにはなにがあるのだろうかと考える。もしかしたら、遺体がずらりと並べられているかもしれない。三橋は想像する。煙に巻かれて死んだので、死体の損傷はそれほど激しくない。一人一人、顔が確認できる。その中には陣内の顔も存在する——。

誰よりも、まず死ななければならないのは、彼なのだ。

「ああッ！」

千夏がわめいている。

「なんだよ、うるせえな。そんなに人が死ぬのが楽しいのかよ」

「違う、違うの。ほら、あそこッ」

千夏は画面を指さす。

「なんだよ。なんなんだよ」

彼女は言った。

「先生が、映ってる」

「あ？」

「陣内先生が、映ってるの」

三橋の視線は、画面の、千夏の指さす場所に吸い込まれそうになる。沢山の野次馬達。カメラに向かってピースサインする連中。その中に混ざって――。

「陣内龍二？」

身長は一八〇センチぐらいだろうか。黒のスラックスに同色のジャケット。グレーのTシャツのようなものを着ている。

そういえば、前に雑誌で見た陣内に似ているような気がする。

「でも、どうしてこんな場所に？　他人のそら似かなんかじゃないのか？」

「違うよ。だってあの服、先生のだもんっ」

三橋は画面上の陣内龍二を凝視する。

陣内はジャケットの内ポケットから携帯電話を取り出し、操作している。

その瞬間、画面はスタジオに切り替わった。

『それでは、情報が入りしだい、この火災についての詳しい情報は後ほどお知らせします。それでは朝刊チェックです』

画面に映し出された沢山の新聞紙。朝日、毎日、読売、日経、産経、各種スポーツ新聞。アナウンサーがそれらの一つ一つの記事を解説している。機密費なんとか問題だの、大リーグがどうしたただの、某芸能人がスピード離婚だの――。

三橋は言った。

「いったい、奴はあんな所でなにをしていたんだ？」

「先生に向かって奴なんて呼ばないでよ」

千夏はふぐのようにほっぺたを膨らます。

知ったことか。彼女にとっては〝先生〟でも、自分にとっては憎き標的なのだ。しかしその標的の顔を、まさかブラウン管のこちらから拝むことになるとは思わなかった。

＊

火災現場。もうすでに鎮火したらしいが、うっすらと建物から立ち上る煙が、数時間前の惨劇の残存のような思いがして、陣内は薄ら寒い気持ちに襲われる。

いや、残存どころか、予兆なら、すでにあったのだ。

——神崎の予知。

彼女が、映画館の火災を予知したあの時、陣内は、間違いなく神崎の予言は当たるだろう、と思った。客観的な確証などない。勘みたいなものだ。

そしてそれはその通りになった。

——それなのに、自分はなにもしなかった。激しい後悔に襲われた。だがあの時どうすればよかったのか、陣内にはまるで分からなかった。耐えられなかった。神崎を恨んだ。こんなことでは、予知などされても迷惑なだけだ。

野次馬達の群の最前列に場所をとり、陣内は消火作業の後かたづけの様子を見つめていた。

どこからか情報を聞きつけてきたのか、すでに数台の中継車が来ている。テレビカメラを前に、ブラウン管の中で見知ったリポーターがマイク片手になにやら喋《しゃべ》っている。これでは、一週間はこのニュースで持ちきりだろう。

報道スタッフは映画館と、遺体の列を舐《な》めるように撮した後、こちらにカメラを向けてきた。

大丈夫だ、そう自分に言い聞かす。この人ごみだし、自分はそう公の場に出るタイプの作家ではない。テレビでこの映像が放映された所で、自分のことに気づく人間などいないだろう。

陣内はジャケットの内ポケットから、携帯電話を取り出した。登録しておいた立花の番号にダイヤルしながら、人ごみを離れた。

『——もしもし？』

立花はすぐに出た。

「陣内だけど、今、現場にいるんだ」

『あの映画館、ですか』

「火事のこと、知っていたのか？」

『なんだか気になって、眠れなかったんです。それでテレビをつけっぱなしにしてて――。陣内さんは？』

「昨日、一旦《いったん》家に帰った後、いてもたってもいられなくなってさ。ほら、神崎が言っていただろう。〝今日の深夜、正確には明日未明〟だって。だから時計が十二時を回った時に家を出て、タクシーを拾ってここに来たんだ。俺が来た時は、もう――」

『――そうですか』

立花の声は沈んでいる。昨日、神崎を追及した時に見せた挑戦的な態度など、その声から感じ取ることはできない。

立花は、言った。

『陣内さんのせいじゃない』

苦笑した。

「そりゃそうさ。もちろん立花さんのせいでもない。あんたが神崎の予知を頭から否定したのも、無理はない。いきなりあんな話を聞かされれば、誰だって馬鹿な話だと思う。第一、立花さんと神崎はお互い初対面同士だ。俺はもう彼女と三回会ってる。ほんの僅かな差だけども、立花さんよりは、少しだけど彼女のことを知っている。そんな俺が彼女の予知を信じたって、不思議じゃないだろう」

『陣内さん。僕、あの予言の手紙を説明できる方法を思いついて、それで有頂天になって。後で、神崎さんに謝らなくてはいけませんね』

「いいよ、そんなのは。神崎だって、気にしちゃいないだろうさ。こんなことは慣れっこになっていると自分で言ってたし」

『でも、本当なんでしょうかね。彼女の予知能力は——』

「今更、本当もなにもあるか」

『でも——でもですよ。常識的に考えれば神崎が予知能力を持っていたっていうよりも、彼女があの手紙のトリックの方を行っていたと考えるほうが、よっぽど常識的でしょう』

ふん、と鼻で笑った。

「実際問題、あの映画館は火事になって、沢山人が死んでるんだよ。あんなこざかしいトリックが入り込む予知はない。俺が昨日家に帰ってから、まず最初にしたことがなんだか、立花さん分かる?」

『分からないです』

「洗面器に水を張って、その中に神崎から送られてきた二枚の手紙を入れた。本文じゃなくて、封筒の方だ。小一時間ほど待った。切手と住所を印刷してあったラベルが綺麗にはがれたよ。ラベルの下にはなにも書かれていなかった。立花さんの推理が正しかったとしたら、そこには神崎の自宅住所が書かれているはずじゃないか？」

『鉛筆で書いたんだ。きっと消しゴムで消したんでしょう。ちょっとぐらい跡が残ったって、水の中に一時間も浸《つ》けておいたら、紙がふやけて、そんな痕跡分からなくなってしまうんじゃありませんか？』

不毛な議論だった。

「もういいよ」

神崎の予言が現実となった今となっては、そんな手紙のトリックなど、まったく些末なことだ。なんの意味も持ち得ない。

『陣内さん』

「立花さんが神崎の予言を信じようが信じまいが、どうでもいいことさ」

『陣内さんは、信じるんですか？』

所詮《しょせん》、立花は他人なのだ。自分とは違う。

誰だって、親しい人間の死を彼女によって予言されれば、事態は、とても他人《ひと》ごとの話ではなくなる。

――里美。

電話を切った後も、陣内はしばらくその場所に立ちつくし、火災現場を見つめていた。シーツで隠され、大部分は見えないが、中でなにが行われているか、おおよそ想像はつく。現場から、遺体を運び出しているのだ。テレビカメラに向かって中継しているニュースキャスターの話を聞くと、遺体の損傷はそれほど激しくないようだ。鎮火自体は早かったようだが、その時すでに、ほとんどの人間が煙にまかれて死んでいたのだろう。

それならまだましだ。

里美に比べれば――。

――陣内は回想する。

潰《つぶ》れた車の中で、里美は生きたまま焼かれた。

――里美。

自分が買ってやった車も、里美のその顔貌も、跡形もなく潰れ、真っ黒に焦げていた。

――里美。

里美の死体は、死体ですらないように陣内には思えた。

——里美。

人の形をした、炭の固まりに過ぎなかった。

——里美。


「陣内、さん——」

背後から聞こえたその声で、陣内は現実に引き戻された。

振り向くと、そこには神崎がいた。

陣内はその神崎の表情に、思わず身じろいだ。

神崎は、茫然《ぼうぜん》自失の表情をしていた。そしてその頬は、両の瞳《ひとみ》から止めどなくあふれる涙で、濡《ぬ》れていた。

「——神崎さん」

陣内は一歩近づいた。

神崎は、首を横に振って、後ずさりした。そしてUターンして陣内に背中を向けた。

神崎は、向こうに走り去っていった。自分から逃げ出したことは明白だった。

陣内は神崎の後を追うこともできず、ただその場所に立ちつくし、小さくなって行く彼女の姿を見つめていた。

＊

あれやこれや悶々《もんもん》と考え続けていても、結局、陣内龍二殺害計画は一行も進まなかった。三橋は焦っていた。早く陣内龍二にお亡くなりになってもらわないと『スニヴィライゼイション』の人気は落ちる一方だ。

なんでもいいから早く決めろ。

ふと、部屋のカレンダーに——もちろん『スニヴィライゼイション』ものだ——眼が止まる。

あの日が、五日後に迫っていた。

——よし。

殺害決行日は、五日後の、六月九日だ。

と一瞬思う、しかしすぐに考え直す。

五日後だって？

冗談ではない。確かに一日も早く殺すに越したことはない。だが五日後とは！　犯行計画どころか、心の準備すら、なにもできていない。

だが、自分が六月九日を選んだのは、それなりの理由がある。

六月九日は、設定上ではハルシオンが戦死した日だった。

『スニヴィライゼイション』には、様々な年月日が登場する。チャイム達が戦うテロリスト軍がクーデターを起こした日は勿論、数々の登場人物の誕生日。戦死したキャラクターには、没年月日もきちんと定められている。

ハルシオンの死んだあの忌まわしい百四十二話の、作中における年月日は『スニヴィライゼイション』のファンならば誰もが知っていることだ。

もし、その日に作者の陣内龍二が死んだら、話題になることは間違いない。話題になる――それこそが一番重要なことだった。ハルシオンを、あんなあっさり葬り去った陣内は憎いが、決して憎悪の念だけで彼の殺害を企てる訳ではない。もっと現実的で、建設的な考えだ。

陣内は作者の特権を振り回して、作品を滅茶苦茶《めちゃくちゃ》にしようとしている。陣内がいなくなれば『スニヴィライゼイション』はもっと読者に寄り添った素晴らしい作品になるだろう。

三橋は一人、悶々と考え続ける。

＊

「ねえ、陣内先生。私が今つきあっている彼。三橋君って言うんですけど『スニヴィライゼイション』の大ファンなんです。前にお話ししたからご存じでしょう？　三橋君、先生にお会いしたいって言うんです。五分でも十分でも構いません。ちょっとお話しして、サインもらうだけです。ご迷惑ですか？　もしそうならお断りになって結構です。ただどうしてもってうるさいから、一応相談しようと思って——陣内先生、聞いてますか？」

トーンを削りながら話す千夏の言葉に、生返事を返し、原稿用紙のチャイムの下描きにペン入れしながら、陣内は頭の中で別のことを考えていた。

数日前、あの鶴見の、映画館の火災現場で、神崎と出会った。

神崎は、心ここにあらずといった面持ちで陣内のことを見つめていた。

涙に濡れた、その凍り付いたような彼女の表情が忘れられなかった。

何故、彼女はあんな表情で自分を見ていたのだろう。

そして、何故自分から逃げるように背中を向けたのか?

「ねえ、先生。陣内先生ぇ――」

千夏がしつこく、耳元で喚く。

うるさい、君は自分の仕事をこなしていればいいんだ――その言葉が喉まで出かかった。

すると千夏は、ぷぅ、と頬を膨らませ〝彼〟の話題とはまったく関係のないことを口にした。

「ねえ、先生。あの火事の現場にいたでしょう」

その言葉で、思考が一気に千夏の方に引きずられた。千夏の顔を見た。

「何故、知ってる?」

その口調と表情に恐れをなしたのか、先程まで喧《やかま》しく喋っていた千夏は気圧《けお》されたように黙ってしまった。彼女が右手に持っていた、砂消しゴムの動きも止まった。

「何故、知ってるんだッ?」

陣内と千夏の顔を、あたふたとした様子で細野が交互に見やる。

「え、私ぃ、あのぉ――」

と千夏は今にも泣き出しそうな声で言った。

「千夏ちゃん。先生に謝れって」

細野が小声で言った。千夏の何気ない一言が、偏屈な陣内龍二大先生を怒らせてしまった、とでも思っているのだろうか。

かまわずに陣内は言った。

「なあ、火事って、あの鶴見の映画館のことだよな?」

「――はい」

あの火災は、ニュースや各種ワイドショーの格好の好餌《こうじ》となっていた。リポーター達は、映画館を管理している会社の安全管理の不備を批判し、遺族の葬式に押しかけ涙にくれている参列者達にマイクを向けた。

「どうして俺が火事見物に行ったことを、千夏ちゃんは知っているんだ?」

「――テレビで観たんです」

「テレビ?」

「火事が起こった当日のニュースです。カメラは火災現場をずっと映していて、野次馬の人達も画面に映りました。その中に――」

「俺がいたのか?」

「――はい」

小さく舌打ちをした。確かにあの日、あの現場にはテレビ局のクルー達がいた。カメラも入っていた。もし自分がそのカメラに捉《とら》えられたとしても、気づく人間など誰もいないだろうと思った。だが浅はかな考えだったようだ。

「へぇ、陣内先生も火事場見物なんて下品なことするんですか」

と細野が話に割って入った。

「うん、私も意外でした」

「でも、どうしてそんな時間に鶴見なんかにいたんです？　家に帰られたんじゃないんですか？　まさか、たまたまテレビのニュースで火事を観て、むらむらと野次馬根性が起こった訳じゃないでしょうね。それからわざわざ鶴見まで駆け付けたなんて、陣内先生らしくないなぁ」

「うんうん、そうですよね。陣内先生、まるであそこで火事が起きることを前もって知っていたみたいに、行動がすばやい――」

陣内は両の掌でデスクを強く打ち、勢いをつけて立ち上がった。衝撃でデスクから発せられた音が仕事場中に鳴り響く。その剣幕に度肝を抜かれたのか、千夏と細野は眼を剝《む》いて陣内を見た。

「寝てくる」

そう一言言い残し、陣内は隣の仮眠室に向かった。

ドアを後ろ手で閉める瞬間、細野と千夏の話し声が聞こえてきた。陣内先生、どうしたの――？　あの事故以来、ちょっとね――。あの事故って？　本人達は小声で話しているつもりなのだろうが、筒抜けだ。

ドアを開け、その会話の続きを聞きたくなる衝動に襲われる。あの事故。言うまでもない、里美の交通事故だ。婚約者が死んだのだから性格が豹変《ひょうへん》するのも無理はないとでも細野は思っているのだろうか。

性格はともかく、確かに気持ちは以前とは違う。里美が死に、そのショックを『スニヴィライゼイション』にぶつけ、ヒロインのハルシオンを殺し、アシスタントは細野以外全員陣内の元を去り、読者投票のランキングは下がり続け、そして――予知能力者が現れる。

これで以前と同じ気持ちを保て、という方が無理な話だ。

簡易パイプベッドに寝転んだ。内ポケットから携帯電話を取り出す。しばらく考えた後、神崎の番号を呼び出し、ダイヤルする。

1コール、2コール、3コール――陣内は待った。だが神崎は出ない。留守なのだろうか。もし在宅しているのならば、すぐに受話器を取るはずだ。今までがそうだった。

「――神崎」

彼女は一体、何者なのだろう。なぜ、彼女なんだ？　細野や千夏や立花ではなく、なぜ神崎なんだ？

『――はい』

とどこか怯えたような彼女の声が、携帯電話の向こう側から聞こえてきた。

「ああ――神崎さん。いないと思いました」

『陣内さん――』

と神崎はつぶやくように言った。

『きっと、あなただろうと、思いました』

「へぇ――。そんな能力まであるんですか」

無理に戯《おど》けた口調で言った。

『能力ではありません、ただの勘です』

「――そうですか」

『だから、電話に出るには勇気が必要でした』

「――はい?」

『陣内さん。私達、もう会わないようにしましょう』

「神崎さん――」

『もう、編集部にあんな手紙を送ったりはしません。あなたに会って、直接予知の内容を言うこともしません。だから。もう私のことは、忘れてください』

他人をここまで引きずりこんでおいて、自分は途中降板するというのか。好きにしてくれ、そんな投げやりな気持ちになった。

「神崎さん。あの夜、火災現場にいましたね」

『はい。気になったんです。そうしたら、陣内さんもいた』

「僕も、いても立ってもいられなくなって――。でも、これで神崎さんの能力が本物であることが証明されましたね。あんな消印のトリックが入り込む余地はどこにもない」

『そんなこと――もうどうでもいいことです』

「神崎さんが、もう僕に会いたくないと言われるんだったら、それでも構いません。でも、最後に一つだけ教えてください」

『――なんですか?』

「あの火災現場で会った時、神崎さんは僕から逃げるように背中を向けました。いったい、どうされたんですか？」

神崎は、その陣内の質問に、すぐには答えなかった。

陣内は、神崎が口を開くまで待った。

——だが。

「神崎さん？」

彼女は、啜《すす》り泣いていた。

嗚咽《おえつ》混じりに、彼女は言った。

『私がいけないんです。私なんかが、あなたの前に現れたばっかりに——』

「どうしたっていうんです、一体——」

『駄目です。もう終わりにしましょう。こんなこと——』

訳が分からなかった。一体、神崎はなにが言いたいのだろう。

神崎は、受話器の向こう側で泣き続けている。

その声と、記憶の中の彼女の顔がリンクする。

——あの夜。

——火災現場で。

――自分を見て、静かに泣いていた神崎。

――そして、逃げるようにその場を立ち去った。

――もう、会わないようにしましょう。

まさか――。

「神崎さん――」

何度目かの呼びかけ。その声の震えを、自分でもはっきりと認識できる。

「もしかして、僕は――」

『駄目――それ以上は、言わないでください』

「神崎さんッ。答えてください」

だが、願いは聞き入れられなかった。

『さようなら――』

そう神崎は呟き、電話は切れた。

陣内は、しばらく呆然と携帯電話を握りしめていた。そして何度も心の中で自問した。

俺は――死ぬのか？

呆然としたまま仮眠室を出た。なにも考えられなかった。今、作業している漫画の原稿のことも、これから自分が死ぬかもしれないということも。

視線を感じた。

細野と千夏が、いったいなにがあったのかと言いたげな表情で、こちらを見つめている。

「陣内先生、また顔色悪いですよ。大丈夫ですか？」

――細野。彼はずっと自分の漫画のアシスタントを務めてくれた。ハルシオンを殺し、ほとんどのアシスタントが陣内の元を去った時も、彼だけは陣内の元に留《とど》まっていた。テクニックは申し分ない。編集者とのコネもあるから、もし自分のオリジナルなアイデアを出すことができたら、デビューすることは簡単だろう。

衝動的に陣内は言った。

「細野――」

「はい？」

「もし俺が死んだら『スニヴィライゼイション』はお前にまかせるぞ」

「え――？」

細野はその陣内の言葉の意味が分からない様子で、目を白黒させていた。

＊

「緊張しなくていいからね」

と千夏は言った。彼女のそんな言葉など上の空で、三橋はマンションを見上げていた。

四階の一番左端、その窓に陣内はいる。

六月九日――即《すなわ》ちハルシオンの命日に陣内を殺すと決意したのはいいのだが、そうこうしている内に、その決行日は明日に迫っていた。

――明日。ぎりぎりだ。多忙なことは承知していたが、計画のためにはもっと早く面会したかったというのが本音だった。

エレベーターの上のボタンを千夏は押す。

「でも、ひょっとして陣内先生、機嫌悪いかも。怒鳴って追い返すなんてことはしないと思うけど、もし無愛想でも、我慢してね。最近、ストレス溜《た》まっているみたいだから。昨日、彼氏連れて来ていいですか？　って陣内先生にきいたんだけど、なんか心ここにあらず、みたいな表情で頷《うなず》くだけなんだもん。もしかして約束忘れちゃってるかもしれない」

「さすが、ハルシオンを殺しただけあって、情緒不安定な先生様だな」

「ちょっと、三橋君。今はいいけど、先生に向かってそんなこと、口が裂けても言わないでね」

「言うかよ」

「なんか最近、酷《ひど》いの。昨日が一番酷かったかな。だからその隙《すき》に、三橋君を連れてくる約束を取り付けたんだけど——。もし、今日も昨日のが続いていたらどうしよう」

「なんで昨日が一番酷いんだよ。なんかきっかけがあるんだろ」

「うん。なんか仮眠室で誰かと携帯で話をしていたみたいだけど——。あ、来た来た」

エレベーターに三橋達は乗り込む。ふと天井を見上げる。防犯のためか、監視カメラが設置されている。廊下にもカメラはあるのかもしれない。当然、他の住人達の視線もある。このマンション内で陣内を殺すのは得策ではないだろう。

「陣内大先生は、この仕事場に寝泊まりしている訳じゃないんだろう?」

「うん。忙しい時は泊まることもあるけど、大抵は家に帰ってるよ。今は忙しくないから、仕事場に泊まることは滅多にないね」

陣内龍二が忙しくない理由、きっとファンや業界から見放されたからだ。情緒不安定気味と千夏は言っているし、才能が枯れるまで時間の問題だろう。そうなっては遅いのだ。

〝人気漫画家〟という肩書きを背負っているうちに、陣内龍二を殺害しなければ。ハルシオンの命日の六月九日に。

急な話だが、一年先まで待っている余裕はないのだ。殺害直後に『インターナル』編集部宛に、犯行声明文でも送りつけてやればいい。差出人はもちろんハルシオンだ。私を殺した復讐《ふくしゅう》として、私は陣内龍二を殺害しました。漫画のキャラクターからの声明文。しかも彼女はもうすでに死んでいるから幽霊からの手紙ということだ。

これは絶対に話題になる。連日テレビのワイドショーは死者八十四名を出した、例の鶴見の映画館の火災事件を報道しているが、陣内の死はそれ以上のトピックになるだろう。人気漫画家が、自作のキャラクターに殺される。こんな興味をそそる事件は滅多にない。

話題になればなるほど、注目が集まれば集まるほど、ハルシオンが蘇る可能性は高くなるのだ。

「家に帰る足は？　車？」

「ううん。前は車で通っていたらしいけど、婚約者が亡くなってから、もっぱら電車かバスを使ってるみたい」

「婚約者？」

「三橋君、知らないよね。陣内先生の婚約者、交通事故で亡くなったんだよ。自分で車を運転していて、ガードレールにぶつかってそのまま大破炎上」

「げげげ」

　初耳だった。ハルシオンを殺した罰が当たったんだと思った。だが、順序が逆だったようだ。

「その人が亡くなったショックで、陣内先生はハルシオンを殺しちゃったって、もっぱらの噂だよ」

　くだらん――。陣内龍二という男の愚かさを表す、しょうもないエピソードだ。では、その婚約者が事故死しなかったら、ハルシオンが死ぬこともなかったということか？

　馬鹿馬鹿しい、私情で仕事をないがしろにしやがって。

ともかく、陣内龍二は自らの足で帰宅することが分かった。これは考えようによっては好都合なことだ。帰宅する陣内龍二を尾行し、人気のなくなったところを見計らって、殺害するのだ。

エレベーターを降り、真っ直ぐ進んで突き当たりの部屋が、陣内の仕事場だった。表札には『陣内龍二』とマジックで書かれている。千夏は、インターホンを押し、自分の名前を名乗った。

暫くするとドアが開かれ、男が顔を出した。一瞬、陣内かと思ったが、火災現場にいたあの陣内龍二とは似ても似つかない。

髪の毛を茶色く脱色した、軽薄そうな男だった。

千夏は彼を三橋に紹介した。

「こちら、細野さん。一応、チーフアシスタント」

「はじめまして。でもチーフって言っても、大して偉かない。アシスタントは、僕と千夏ちゃんの二人しかいないからね」

千夏ちゃん、だと？　人の女を、気安く名前で呼びやがって。

細野という男、口調から察するに他人との会話も上手そうだ。そして彼は千夏と共に仕事をしている。

細野の視線が、自分の身体を頭のてっぺんから爪先《つまさき》まで舐め回す――ように三橋は感じた。千夏の彼氏がどんな男か、品定めしているのだろうか。

「突然で、お邪魔じゃなかったですか？」

と心にないことを言った。礼儀を忘れて、社会人失格の烙印を押されるのはごめんだった。

「ううん。大丈夫だよ。いくら忙しいっていったって、一時間やそこらぐらい。それに全盛期と比べると、そんなに忙しくないし」

と細野は言った。

全盛期。やはり『スニヴィライゼイション』の人気は以前に比べると、落ち目になっているのだ。

三橋は仕事場に通された。

デスクが部屋の中央に並べられている。三橋は小学校の給食時間のことを思い出した。班ごとに机をくっつけ、隣の席のやつと向き合って食べるのだ。この部屋にある五つのデスクのうち、四つのデスクはそんなふうに並べられ、長方形を作っていた。そして残りの一つのデスクは四つのデスクに、九十度向きを変えくっついていた。四つのデスクが胴体だとしたら、その最後の一つは頭だった。

頭。ヘッド、ボス——陣内龍二のデスクだと直感した。だがそのそれらしき人物はどこにも見当たらない。

「先生、どこかなー」

と千夏が言うと、細野はうんざりしたような顔で、向こうにあるドアを指さした。確かにその部屋の中に誰かがいる気配がする。物音と、こもった話し声のような音がひっきりなしに聞こえて来たからだ。

細野は声を潜めて、言った。

「最近、陣内先生、変だよな」

「うん。でも作家さんって調子の波があるでしょうから、ちょっと今はスランプなんですよ」

その千夏の言葉にも、細野は首を横に振る。

「いや。そんな簡単な言葉じゃ済ませられないよ。なんか、先生、秘密を隠してるよ、絶対」

「絶対って？」

「ほら、編集者の立花さんも言っていたじゃないか。変なファンに個人的に会ってるって——」

「変なファン？」

思わず三橋はつぶやいた。

細野は、ますます声をひそめる。

「ああ、立花さんの話によると、そのファンって未来を予知できるんだってさ。なんでも陣内先生の婚約者の事故死も的中させたらしい——」

「そうそう、ホントだったら怖いですねぇ」

予知だって？

馬鹿馬鹿しい。そんな噂が本当であるはずがない。自分には予知能力があると言い張る連中は枚挙《まいきょ》に遑《いとま》がないが、そのほとんどすべてが、単なる偶然かこじつけではないか。前世紀に流行したノストラダムスの大予言のことを思い出せば、そんなことはすぐに分かるはずなのに。

その時、ドアが開かれ——。

「あ、先生」

陣内龍二が現れた。

あの火災現場のニュース映像に映った男が、目の前にいた。

ぼさぼさの、ウェーブがかかった髪、伸びた無精髭——。小汚い身なりだが、長身のせいか、それが逆に貫禄《かんろく》となっていた。それとも『陣内龍二』という先入観が最初っからあるからだろうか。

鼓動が高鳴った。初対面の人間と会う時はいつも緊張した。だが今回は比べものにならない。自分が心底夢中になった作品を描いた漫画家で、そして本気で殺害計画を練った相手なのだ。

眼があった。思わず身体がすくんだ。

果たして、自分は彼を殺すことができるのだろうか？

「あの、陣内先生。こちら、この間お話しした三橋君です」

と千夏が自分のことを陣内に紹介した。

どう挨拶していいのか分からず、とりあえず、初めまして、と頭を下げた。陣内も無言で会釈を返してきた。

陣内は壁の時計を見上げ、言った。

「もう少ししたら、ちょっと出かけてくる。例の原稿終わったら、君ら帰っていいよ。戸締まり、忘れないでくれよな」

それからこちらに視線を移して、不愛想に言った。

「サインか、なにか、するの？」

その言葉で我に返った三橋は、バッグの中を漁《あさ》り、色紙と『スニヴィライゼイション』の第一巻の単行本を取り出した。お、お願いします、と頭を下げる。

「両方共サイン、するの？」

どこまでもぶっきらぼうに、陣内は話す。

「は、はい。お願いします」

と再度、頭を下げる。

「絵か、なにかあった方が、いいの？」

三橋は呼吸を整え、陣内に言った。

「ハルシオンを、お願いします」

今度はどもらずに言えた。

隣の応接間らしき部屋に移動した。ソファに座ってしばらく待つと、千夏がお茶を運んで来てくれた。三橋の視線は陣内の手の動きに釘付けになっていた。

サインペンを持った陣内の手が、なめらかに動く。それと共に、ハルシオンの姿が浮かび上がってくる。髪を風になびかせ、こちらに微笑みかけてくる彼女の姿が――。

涙が出そうな気持ちに襲われた。今まさに、自分は、ハルシオンの誕生に立ち会っているのだ。

隣で千夏が興味深そうに覗《のぞ》き込んでくる。陣内の絵を見ているというよりも、三橋の反応を確認して楽しんでいるのだ。千夏にしてみれば、陣内が絵を描いている姿など見慣れた光景だろう。

「さぁ、これでいい？」

「は、はい、ありがとうございます」

サインペンで無造作に書かれたスケッチという印象だったが、ハルシオンの魅力は十分過ぎるほど伝わってきた。

単行本にサインしたあと、陣内はソファに深く腰掛けた。そして音をたてて茶を啜った。

いつの間にか現れた細野も、横から陣内のサインを覗き込んでくる。

ふと、疑問に思い、横の千夏にたずねた。

「──まだ、仕事しなくていいのか？」

千夏が答える前に、陣内がつぶやいた。

「──仕事か」

「陣内先生。あとはトーンを貼って仕上げれば、立花さんに渡せるんでしょう？　その次の回のネームはできてるんですよね？　もうペン入れしちゃいますか？　昨日陣内先生、その回の下描きされてましたよね？」

「――じゃあ、トーンとホワイトやってくれ。明日、立花さんに取りに来てもらうよ。その次の回のペン入れも、明日でいい。今やってる原稿の仕上げが終わったら、今日はもう帰っていいよ」

「大丈夫ですか？　ハルシオンの画集のプロジェクトも進んでるんでしょう？　時間のあるうちにやっておいた方がいいんじゃないですか？」

「――いいんだ」

無気力そうに、陣内は言う。

三橋はつぶやいた。初めて聞く響きだ。

「ハルシオンの画集――？」

「三橋君なら、二冊とか三冊とかまとめ買いするんじゃない？」

と千夏は言った。

「画集ってなに？」

「今まで『スニヴィライゼイション』に登場したハルシオンの原稿を、手直しして一冊にまとめるのよ。もちろん描き下ろしも収録するけどね。ハルシオン追悼記念イラスト集っていう惹句で売り出せば、三橋君みたいなハルシオンのファンは挙《こぞ》って買うよ」

「——そんなの出すのか」

「なに？　喜ばないの？」

そういう本が出版されたら、多分自分は買うだろう。だがそれだけだ。こざかしいイラスト集なんかでハルシオンを失った哀しみを癒《いや》せるはずがない。そんなものは、無責任にヒロインを殺したことに対してきちんとした説明もせず、ごまかしているだけだ。ファンに対してそんないい加減な態度で、いいと思っているのか？

金儲けだ、きっとそうに違いない。ハルシオンに飢えたファンは、我先にイラスト集を手に取るだろう。増刷、増刷、また増刷。その繰り返し——。

きっと陣内は、そのイラスト集を売るためにハルシオンを殺したのだ。彼にとって漫画のキャラクターとは、金のために平気で生かしたり殺したりできる存在なのだ。

「三橋君。どうしたの？　そんな難しい顔して」

なんでもない、とぶっきらぼうに千夏に答える。

陣内をちらりと見やった。ソファに腰掛け、茶をすすっている。その無表情な青白い顔からは、なにを考えているのかまったく読みとれない。忙しそうにしている素振りも見せない。アシスタントに対しても、仕上げが終わったら帰っていいよ、とつれない態度だ。もちろん、三橋は陣内の仕事のやり方など、なに一つ分からない。しかし、陣内龍二の『スニヴィライイゼイション』は少し漫画が好きな読者なら誰でも知っている。陣内は有名漫画家なのだ。

それなのに、この仕事場の気怠い雰囲気はなんだ？

陣内と同じように人気の、某漫画家の仕事場をテレビのドキュメントで観たことがある。もちろんある程度のやらせはあるだろうが、その漫画家も、アシスタントも、みな一様に机に向かい、原稿にペンを走らせていた。つまり、忙しそうにしていたのだ――。

陣内は腕時計を観ながら言った。

「三橋君、だっけ？」

「――はい」

「用事はサインだけ？　ならもういいかな？　僕、ちょっと出かけなくちゃいけないから」

そう言って陣内は立ち上がった。

「先生、どこ行かれるんですか？　また例のファンの所じゃないでしょうね？」

千夏が冗談っぽくたずねると、陣内はまるで恫喝《どうかつ》するようにこう答えた。

「一々、君に教えなくちゃいけないのかッ？」

千夏は、小さく震え、すいません——と泣きそうな声で陣内に言った。

「でも、先生。トーンを貼るなら、指示を仰がないと——」

と細野も言う。

陣内は大げさにため息をついた。

「細野ぉ——。お前何年チーフアシスタントやってるんだ？」

「——四年ですが？」

「四年も『スニヴィライゼイション』をやってて、まだ俺がいないとトーンも貼れないのか？」

「そりゃ、レギュラーキャラクターのトーンぐらい、自分でできますよ。でも、今回初めて登場するキャラクターもいるから、一応、先生の意見をきいてからやらないと、って思って——」

「そんなの、お前が適当に貼っとけ」

「はい？」

「聞こえないのか？　お前が好きに貼れって言ってるんだッ」

細野は半ば呆れたように肩をすくめ、はい——分かりました、と言った。

なんという高飛車な男だ、と三橋は思った。これではアシスタントをいじめて憂さ晴らししているとしか思えない。

こんな男が、あのハルシオンを生み出したというのか?

「陣内先生――」

三橋は言った。陣内がこちらを見た。眼が合っても、心臓は臆することがなかった。大丈夫だ。そう思った。

「せっかくお会いできたんだし、少しお話ししたいなって思ったんですけど、駄目ですか?」

陣内はぎろりと三橋をねめつけ、

「――少しだったらいいよ」

とぶっきらぼうに言った。そしてぞんざいにソファに腰をおろした。

千夏と細野は、向こうの部屋に行ってしまった。陣内に言われた通り原稿の仕上げをするのだろう。ここにいて欲しかったが、二人を呼び止めるにはもう遅すぎた。

三橋は語り始めた。

「僕、先生の書く『スニヴィライゼイション』が好きなんです。第一話から、ずっと『インターナル』で連載を読んでるし、持ってる単行本はぜんぶ初版です」

その三橋の言葉が当然だとでも言うように、ふむふむと頷きながら陣内は三橋の言葉を聞いている。その偉そうな態度に閉口した。

「一つ、質問してもいいですか？」

「どうぞ」

「どうして、ハルシオンを殺したんですか？」

とたんに陣内の顔が不機嫌そうになった。恐らく、今まで何回も、しつこく繰り返したずねられたことなのだろう。

「飽きたから」

と投げやりな口調で陣内は答える。

「飽きたんですか？　初期から登場しているキャラクターだから？　でもそれなら、主人公のチャイムだって、キャリアはハルシオンと同じぐらいです。どうしてそっちを殺さなくて、ハルシオンを殺したんですか？」

「物語に新たな展開を持ち込むために、止むをえなかったことだ」

「新たな展開？　新たな展開って、なんです？」

「人気があるキャラクターが死ねば、それだけ物語に緊張感が増すだろ」

物語に緊張感が増す？　馬鹿な。一体なにを言っているのだ。ハルシオンがいたから『スニヴィライゼイション』は四年間緊張感を保てたのだ。テンションが下がることはなかった。だから人気が出た。

ハルシオンが死んだ今は、テンションも人気も、落ちまくりだ。そんな当たり前のことが、どうして陣内には分からない？

いや、分かっているはずだ。陣内は作者なのだから。

三橋はそれを指摘しようとしたが、陣内の言葉に遮《さえぎ》られた。

「それにしても、君はしつこいねえ」

うんざりとした顔つきで、陣内は言った。

しつこくて当然だ。『スニヴィライゼイション』の、いや、ハルシオンの大ファンなのだから。

「ハルシオンが死んで、ファンは皆がっかりしていますよ」

「知らないよ、そんなの」

陣内の機嫌が悪くなっていくのが、目に見えて分かった。

三橋は、睨み付けるように陣内を見つめた。気分が高揚していた。『マルバヤシ』の副店長にもびびりまくって本音を口にできない自分が、初対面の陣内に対して、こんなにずけずけとものが言える。それはひとえに、陣内が想像以上にろくでもない男だったからだ。アシスタントを奴隷のように扱い、ファンに対してもぞんざいな態度だ。

もし陣内が礼儀正しい紳士なら、おそらく自分は緊張して上手くしゃべれず、もしかしたら彼に対する殺意など急激に萎《しぼ》んでいったのかもしれない。

だが今や、殺意は最高潮に達している。自分はこの男を殺さなければならない――そんな使命感すら覚える。

「ハルシオンが登場しなければ『スニヴィライゼイション』の人気は落ちるばかりですよ。大多数の読者は浮気なものです。ちょっとつまらなくなっただけで、簡単に見放します。僕は凄く好きだから、まだ読み続けてますけど。これ以上続くと――」

「じゃあ、読むなよ。だれもお前に読んでくれなんて言ってないだろ」

遂に、君から、お前になった。

ちょっと自分の漫画が人気になったぐらいで天狗《てんぐ》になるくせに、本当のことを言われると、怒り、機嫌を悪くする。礼儀をわきまえる気持ちなどこれっぽっちも持っていないくせに、プライドだけは人の何倍もある。

――調子に乗りやがって。

陣内は尚《なお》も話し続ける。

「お前みたいなやつ、一番むかつくんだよ。うっとうしいんだよ。まるで雲の上から漫画業界全体見渡すような態度で、人のやることに一々ケチをつけやがって。お前誰だよ？　お前に俺の仕事をけなす権利なんかあるのかよ？　お前は普段、どんな仕事してるんだよ？　お前はその仕事百パーセント完璧にこなしてるのかよ？　いったい、どんな実績があるんだよ。言ってみろよ」

「実績なんか、ないです。フリーターですから――」

陣内は鼻で笑った。

「フリーターか。能天気に漫画なんか読んでないで、さっさと就職しろよ。それが嫌なら、死んじまえ」

ぶるぶると拳《こぶし》が震えた。こいつは言ってはいけないことを、今、言ったのだ。

確かに自分はフリーターだ。同年代の仲間や友達が次々就職している中にあって、焦りや、後ろめたさを覚えないと言ったら嘘になる。だが、そんな自分にだって誇りぐらいあるのだ。できるだけ陣内に礼儀正しく接しようと努めているのに、なぜこんな仕打ちを受けなければならないのか。

陣内を睨《ね》め付けた。そしてありったけの勇気を振り絞って、言った。

「――あんたを、殺してやりたい」

その三橋の言葉を聞いた陣内は――。

一瞬、呆気《あっけ》にとられたような表情を浮かべ、そしてそれは少しずつ驚愕に凍り付いて行く。顔色は青ざめ、まるで死人のようだった。

三橋は、その陣内の表情から視線をそらせなかった。彼の理不尽さに対する怒りは、徐々にクエスチョンマークに変わって行く。

なぜだ？　陣内は、初対面で、しかも自分の漫画の愛読者である三橋に対して〝死んじまえ〟などという暴言を吐いたのだ。そんな無神経な男が、なぜ〝あんたを、殺してやりたい〟と言われたぐらいで、こんなにも動揺するのだ？

陣内の表情は、青ざめた死人から、一気に赤みを増して行き――。

そして、彼は言った。

「お前か？　俺を殺すのは？」

意味が、分からなかった。

陣内は立ち上がり、こちらに歩み寄ってきた。身体が硬直した。逃げろ、そう心の声が訴えかけてきた。陣内の両手が喉元にせまる。とっさに避けようとした。だが、遅かった。

陣内は三橋の襟首《えりくび》をつかみ、その身体を持ち上げた。そしてそのまま、つま先立ちになった三橋の身体を上下左右に揺さぶる。木偶《でく》人形のように三橋の頭が揺らぐ。

「どうやって俺を殺すんだ？　なあ、教えろよッ」

陣内の顔が目前にあった。なにかに追い詰められているような、怯えた目――。

三橋はもがいた。

「離せ、触るなッ」

そう声を発した――つもりだった。だが三橋の声は陣内には届かない。ただ襟首をつかまれ、陣内のなすがままに身体を揺さぶられている。抵抗する言葉も、蚊《か》の鳴くような声でしかない。

「先生、止めてくださいッ」

騒ぎを聞きつけた千夏と細野が駆け寄ってきた。そして陣内を止めようとする。

「あぁッ――――！」

奇声を発し、陣内は三橋を思いっきり突き飛ばした。後頭部が壁に打ち付けられる。

視界に星が舞う。三橋はうずくまって、暫くの間痛みに耐えていた。

なんだ？　一体、この男はなんなんだ？　自分があんなにも夢中になった『スニヴィライゼイション』、あんなにも恋い焦がれたハルシオン。それらを生み出したのは、こんなくだらない男だったのか？

殺せる、そう思った。自分は間違いなく、なんの良心の呵責《かしゃく》もなく、この男を殺せるだろう。

——陣内龍二。

三橋は、後頭部にくすぶる痛みをこらえながら、ゆっくりと顔を上げた。陣内龍二を睨め付けた。陣内はまだ怒りが収まらないのか、憤怒《ふんぬ》の表情を崩さない。細野は戸惑いをその表情にありありと浮かべ、再び陣内が暴れ出してもすぐ取り押さえられるように、彼の肩に手を置いている。千夏は声に出さずに泣きじゃくっている。もともと不細工な顔が、余計に不細工になる。

陣内と目があった。

彼は言った。

「いつだ？」

陣内を殺すのは——。

「いつ、俺を殺すんだ？」

三橋はとっさに口にした。

「六月九日だ」

ハルシオンの命日——。

「——三橋君」

千夏がそう呟く。細野は呆然としている。

「六月九日に、おまえを殺してやる。今日はその下見に来たんだよッ」

吐き出すように、叫ぶように、三橋は言い放った。普段の自分からは想像もできない行為だった。気分は高揚していた。ドラッグでハイになるのはきっとこんな感じなんだろうと思った。体中の血液が、興奮と怒りのミックスジュースに入れ替わったような気分だった。

殺せ、殺せ、殺せ、殺せッ。

「——先生」

陣内が細野の手を振り払い、こちらに歩み寄ってきた。

三橋はうずくまったまま陣内を見上げた。ここから見る陣内は、『マルバヤシ』の副店長以上に大きな存在だった。だが、恐怖心など微塵も感じなかった。三橋は天の彼方《かなた》の陣内を思いっきり睨み付けた。

と——。

視界になにかが映ったのと同時に、とてつもない衝撃を受け三橋の身体は後ろに吹っ飛んだ。千夏と細野がなにか叫んだが、耳に入らなかった。陣内が自分の顔面を蹴り上げたのだと気づくまでに、少しの時間を要した。

痛みに耐えながら、目を開けた。鼻の下になにかが伝っている感覚がする。恐る恐る手をやる。血で指先が真っ赤になる。陣内に顔面を蹴られて鼻血が出たのだ。上等だ。陣内の尊大な態度も、彼の一方的な攻撃も、三橋の殺意を打ち消すには足りなかった。いや、もっともっと痛めつけて欲しい。そうすれば、自分の陣内に対する殺意は決して消えることはない。

大丈夫、俺は殺せる。この男を殺せるんだ。

「殺してみろッ」

頭上から声が降ってきた。陣内の、声だった。

「――先生」

怯えたように、千夏は呟く。

陣内はその声には答えずに、派手に足音をたてながら部屋を出ていった。

「一体――なにがどうしたっていうんだ」

細野が、つぶやいた。

＊

仕事場を飛び出した陣内は、高輪の街を駅目指して歩いていた。

若者の集団とすれ違う、多分、大学生かなにかだ。笑顔で楽しそうに話している。向こうからサラリーマンらしき二人の男がやってくる。母親に手を引かれた幼い少女。恋人同士であるのだろうカップル。近所の主婦友達といった様子の中年女性達。学生服を着た高校生達――。品川駅に近づくにつれ、すれ違う通行人達は増えて行く。彼らの笑顔が、その笑い声が、陣内の胸に突き刺さった。

――どうしてだ？

――どうしてだ？

――どうしてだ？

――どうしてこいつらじゃなく、俺なんだ？

自問しても、決して答えは出てこない。

今さっき、仕事場にたずねてきた三橋という男のことを考えた。身勝手なハルシオンフリークの一人だ。だが以前の陣内ならば、そういった手合いも軽くあしらうこともできた。いくら連中がハルシオンを再登場させろ、と大合唱しても無視することができた。

だが今の自分は——。

アシスタントの細野や千夏は、さっきの自分のふるまいを目にして度肝を抜かれていた。当然だ。きっと彼らはこう思っているだろう。陣内龍二が豹変したと。一方、普段の陣内を知らない三橋は、自分のことを四六時中尊大な態度をしている男だと思っているのだろう。

知らないのだ、皆。

自分が神崎によって死を予知された人間だと。

——三橋。

きっと、自分はあの男によって殺されるのだ、と思った。

一人、声に出さずに笑った。笑うしかなかった。これ以上の皮肉があるか？　神崎に死を予知されて恐怖と苛立ちに押し潰されそうになっている自分。そこに偉そうに作品に意見する読者——三橋が現れる。陣内のもっとも嫌いとするタイプの読者だ。思わず陣内は彼に対して暴言を吐き、暴行する。八つ当たりと同じだ。それを逆恨みした三橋が、自分に対して報復をする――。

神崎はそれを予知したのだろうか。

現に三橋は言ったではないか。

――あんたを殺してやりたい。

――六月九日に、おまえを殺してやる。今日はその下見に来たんだよッ。

六月九日。最初はなんのことだと思ったが、すぐに作中時間でのハルシオンの命日であることに気づく。そんなことを一々覚えているなんて、よっぽどの『スニヴィライゼイション』マニアだ。

そして、その日は、明日だ。


品川から京浜急行に乗って、鶴見に向かった。

あの映画館に差し掛かる。燃えたのは中だけらしく、外壁に目だった損傷はなかった。だが劇場内は修復工事しなければ使い物にならない状況になっているようだし、安全管理に不備があったことが問題になったらしいから、再開の目処《めど》はたっていないということだった。それでなくともあれだけの死者が出たのだ。管理者は刑事告訴され、映画館は取り壊されるのがオチだろう。

ふと、里美のことを思った。

恐らく、里美はその数分前まで、自分がもうすぐ死ぬなどとは露ほどにも考えなかったに違いない。里美だけではない。神崎が予知した、あの西園寺という男も。この映画館で焼死した見知らぬ人々も、まさか自分が今日死ぬとは夢にも思わなかっただろう。

自分とは、違う。

神崎のマンションに到着する。

脇目もふらず階段を上って二階へと向かう。

廊下の途中で中年の女性――あの噂好きの主婦だ――が軽く会釈をしてきたが、無視した。

彼女の部屋に向かう。

インターホンを押す。

「はい？」

神崎の声がする。

陣内はその言葉には答えなかった。

しばらく待った。

ドアのロックが外される。

いぶかしげな表情をした神崎が顔を出す。

目があった。

とっさに彼女はドアを閉めようとする。だがそれよりも早く、陣内はドアの隙間《すきま》に身体をすべらせる。そしてドアを力いっぱい開いた。陣内の力に負けた神崎が後ずさる。ドアは全開になる。

「——陣内さん」

怯えた表情で神崎は、後ずさった。

陣内は、玄関に入り、ドアを閉めた。

「なぜ、僕から逃げるんです？」

神崎は、泣いていた。顔をそむけ、決して目を合わせようとはしない。

「僕は、死ぬんですか？」

彼女は、答えなかった。陣内にとってその沈黙は、肯定の意味に他ならなかった。

その時、部屋のチャイムがなった。怖《お》ず怖ずとした様子で神崎はインターホンに通じる壁の受話器を取った。おぼろげながら声が聞こえてきた。

『神崎さん？　どうしたんですか？　大丈夫ですか？』

甲高い声だ。恐らく、廊下ですれ違った主婦だろう。今の一部始終を見ていたのだ。

「大丈夫です。御心配かけて申し訳ありません――」

『本当にだいじょうぶ？』

「だいじょうぶです。お騒がせしてすいません」

彼女は受話器を壁に戻した。そして陣内の方に向き直って、言った。

「もう、会わない方がいいんです、私達」

そう神崎はぽつりとつぶやく。

「それは、前に聞きました」

「ごめんなさい」

「どうして、謝るんですか？」

「私が、あなたの前に現れたばっかりに――」

神崎は、両の掌で涙が伝う頰《ほお》を拭っていた。

「おじゃまして、いいですか？」

神崎は頷いた。

玄関に靴を脱ぎ、室内に上がった。

「今さっき、変なファンが仕事場に来たんです。アシスタントの女の子とつきあっている男みたいなんですけど。『スニヴィライゼイション』の、それもハルシオンのファンらしくって。彼は僕に言ったんです。ハルシオンの命日の六月九日に僕を殺すって。今日来たのは、その下見だって言っていました。それで僕、動転して、彼に暴力をふるってしまって――そのまま仕事場を飛び出して来たんです――」

そこまで言って、陣内は神崎を見た。

神崎は、顔面蒼白で陣内を見つめていた。

陣内は、言った。

「神崎さん。なにを言われても、僕は驚きません。だから、僕の質問に答えて下さい――」

陣内は呼吸を整え、言った。

「僕は、死ぬんですか？」

神崎は――。

啜り泣きながら、その陣内の問いに頷いた。

陣内は――。

力が抜けたように、その場所に座り込んだ。

死ぬのか？　俺は、死んでしまうのか？

譬《たと》えようもない悪寒が身体を走る。里美が死んだ時、陣内は思った。里美の代わりに俺が死ねば良かったと、里美の後を追って俺も死のうかと、里美のいない人生などなんの意味もないと——。でも、その時は、まさか本当に自分が死ぬことなどないだろうと高を括《くく》っていたから、安心してそんな感傷に浸っていられたのだ——。

だが、今では。

「僕は、死にたくない」

小さな、声でつぶやいた。

神崎は陣内の隣に腰を下ろした。

「——ごめんなさい」

彼女は再び、つぶやいた。

陣内は、神崎を見た。

「六月九日に、僕はあいつに殺されるんですか?」

その質問に、神崎はゆっくりと口を開こうとする——。

「待ってください」

思わず、陣内は神崎を制した。

「ごめんなさい。僕から聞いておいて、でも、もういいんです。確かに、僕の担当編集者が指摘したように、あの手紙はなんらかのトリックで作り出せるような気がする。でも映画館の火災に関しては、どう考えたってトリックが入り込む余地なんてないんだ。すべて、あなたの言った通りになった。あなたが死ぬって言えば、例外なく死ぬんだ。聞いたって意味はない」

「私が、未来を予知して、陣内さんの前で動揺したばっかりに――。演技でもいいからいつものように振る舞っていれば良かった――」

悔やむような口調で神崎は言う。

誰だって、気がつく。もしかしたらそうではないかと、疑う。神崎という女の能力を知り、そして彼女が自分の前であんなふるまいをしたら――。

「でも――陣内さんには、私が今まで死を予知して来た人達とは違う点が一つだけあるんです」

「なんですか？　それは」

「それは、あなたが私の予知を真剣に信じているということです。そんな人は今までいませんでした。皆、私の予知を冗談かなにかと思い込んだまま、死んでいきました。私は誰かの死を予知する度、それを食い止めようと努力して来ました。でもみんな失敗しました。子供の時から、ずっとそうなんです。でも、もし、予知に逆らって、未来を変えることができるのなら――。私がこの能力を持って生まれてきたことにも、きっとなにかの意味があるってそう、思えるような気がするんです。今までは、一人だったから。だから運命に打ち勝つことができなかった。でも今は、あなたがいます。きっと、二人なら――」

「当事者の僕も一緒に努力すれば、未来は変えられると？」

「分かりません――。でも、やってみる価値はあると思うんです」

確かに、このまま死んでいくなど耐えられなかった。

「陣内さん、いいですか？」

そう神崎が、念を押すような口調でたずねてきた。その意味を、陣内はすぐに悟った。

「いいです。話してください」

神崎は、言った。

「あなたは明日、六月九日に殺されます。犯人は、多分、陣内さんの作品の熱狂的な愛読者です。もしかしたら、その、仕事場にたずねてきた人かもしれません。時刻は夜、場所は舗装された道路です。そこにいるのは、陣内さんと犯人の二人だけです。アスファルトの上に流れ出る血が見えました。多分、刃物かなにかで刺されたんでしよう」

よどみなく、神崎は陣内の〝死〟の光景を語り続ける。

身体の震えを抑えて陣内は言った。

「それで――?」

「だから、陣内さん。明日は絶対に外出しないでください。なんならここに泊まっていっても構いません。そうすれば、あなたが歩道で誰かに刺されるなんてことは起こり得ません。私の予知は、幻で終わります」

＊

三橋は、痛みが未だくすぶる身体に鞭《むち》打って立ち上がった。自然と身体は玄関の方に向かった。

――陣内の後を追うのか?

そう自問する。

「待ってください」

その時、三橋の肩をつかむ手。

チーフアシスタントの細野だった。

「陣内先生の後をつけて、どうするつもり？」

そんなことは、自分でも分からなかった。

「先生のことを、殺すんですか？」

「――殺すのは明日だって言ったでしょう」

細野は三橋の目を見つめて、言った。

「仮に陣内先生が殺されたとしたら、一番最初に疑われるのは、あなたですよ。それでもあなたは先生を殺すんですか？　さっきの台詞は冗談のつもりだったんでしょう？」

「うるさい。放してくれっ」

「三橋君――」

千夏は、涙目でつぶやく。

細野は言った。

「じゃあ、条件があります。それを呑《の》んでくれたら手を放してもいいです」

「――条件？」

「あなたが陣内先生を追うのは勝手です。ただし僕も一緒について行きます」

部屋を出る際に、細野と若干の押し問答があったが、それでも陣内はそう遠くには行っていなかった。

陣内の十数メートル程後ろを歩き、三橋と細野は彼の後を追っていた。

「——気づかれるかもしれない」

と三橋が言う。

「気づかれても、別に構わない」

と細野が答える。

陣内は後ろを振り向くこともなく歩いている。この方向から察するに、恐らく駅に向かうつもりなのだろう。

「陣内先生。最近、様子変なんだ」

「最近——?」

「さっき君に酷い暴力をふるったけど、あんなの普段の先生からは想像もつかない。先生に蹴られた所、大丈夫? まだ痛い? 血、止まった?」

大丈夫です、と無愛想に三橋は答える。

「先生の婚約者が事故で亡くなって——それから先生暗くなったけど、そういうのって、他人にも分かりやすいだろ？　原因がはっきりしているから。でも最近の先生の豹変ぶりの理由は——僕にはまるで分からない」

「理由なんて、ないんじゃないですか」

婚約者が死んだ哀しみに耐えかねて、精神に異常をきたしたのではないだろうか。相思相愛が過ぎるのも考えものだ。もし千夏が死んだとしたら、自分はどこまで彼女の死を悼めるのだろう。

「いや、理由はあるはずだ。先生、最近仕事放り出してどこかに出かけてる。どこに行ったのか聞いても答えてくれない。きっと、原因はそこにある」

「じゃあ、今も——」

細野は頷く。

三橋は考える。

この男は、自分が陣内を殺すということを冗談かなにかだと思っているのだろうか？　きっと、思っているのだろう。そうでなければ、こんなに悠長に陣内の尾行などしている場合ではない。

冗談では、なかった。三橋は、本気だった。

陣内は品川駅から京浜急行に乗った。三橋達は陣内がいる隣の車両に乗り込んだ。陣内を観察できる場所に陣取る。細野は先ほどああ言ったものの、三橋には、陣内に気づかれてしまうのではないかという不安が絶えなかった。

しかし陣内は彼らに気づく素振りなど微塵も見せない。彼は扉にもたれかかり、窓外を睨み付けている。一人でなにかをぶつぶつと呟いているようにも見える。一体、どこに向かうつもりなのか。

鶴見の駅で陣内は降りた。三橋と細野は慌てて後を追った。

駅を出た陣内は、脇目《わきめ》もふらずに向こうへと歩いて行く。一体どこに行くつもりなのか。

と――。

突然、細野の足が止まった。

「あれ――」

とあごでしゃくる。

陣内は、とある建物の前で立ち止まっていた。人気がまるでない、寂れた建造物だ。陣内は、下りの階段の前に立ちつくしていた。だがロープで封鎖され、利用することはできそうにない。

　その建物の全景、舗装された道路、手前の広場——。どこかで見たことのある風景だった。この光景、鶴見という場所、封鎖された階段。きっと階段の下は映画館になっているのだ。

　千夏とホテルで観た、あの時のニュース映像——。火災になった映画館、消防車、リポーター、野次馬達、そして、陣内龍二。あの時、彼はこの場所にいた。

　今日、鶴見に来たのは、この火災現場を訪れるためなのか？　しかし何故、一度ならず二度までも。彼はあの火災に、なんらかの関わりがあるのだろうか。

　だが、映画館の火災跡に佇《たたず》んでいたのはほんの数十秒ほどで、陣内はすぐにその場所を立ち去った。彼の背中が小さくなってゆく。

　まだどこかに用事があるのだろうか？

「——行こう」

　細野が急《せ》かした。

　陣内は商店街を抜けた。とたんに人通りが少なくなる。

「もう少し、歩くスピードを落とそう。距離を置かないと気づかれてしまうかもしれない」

と細野が言う。

「さっきは、気づかれても構わないって言っていたじゃないですか」

「せめて陣内先生がどこに通っているのかだけでも突き止めないと。気づかれるのはそれからでいい」

言われるままに歩く速度を落とす。アシスタントがこんなにもその行方に好奇心を抱き、尾行までするのだ。恐らく今の陣内龍二は、以前の彼を知る人にとっては、驚くほど豹変しているのだろう。先ほど三橋に対して暴力をふるった彼の態度を考えてみても、それは容易に想像できる。

やがて陣内は、とあるマンションのエントランスホールに消えた。思わず急ぎ足になった。そっと三橋達もホールに足を踏み入れる。だがすでに陣内の姿はなかった。三橋の耳に入ってきたのは誰かが階段を上る足音だった。だが、それもすぐに消える。

「――二階?」

細野はこくりと頷く。

急いで陣内の後を追う。距離を置くよう、物音をたてぬよう注意する余裕はすでになかった。

二階の廊下に出る。

廊下の真ん中に突っ立っている中年女性の背中越しに見える、陣内の姿。陣内は廊下の一番奥の部屋の前に立っている。ドアがゆっくりと開く。女性が――ここからでは良く見えないが、十代や二十代には見えない――顔を出す。女性が顔を引っ込めドアを閉めようとするのと、陣内がドアの隙間に身体を割り込ませるのは、ほとんど同時だった。陣内は室内への侵入に成功した。ドアは再び内側から、今度は陣内の手によって閉められた。

その光景は、誰がどう見ても、陣内がむりやり彼女の部屋に押し入ったようにしか見えなかった。

その時、廊下の中央に立っていた中年女性が、陣内の消えた部屋の前まで歩いて行った。自然と三橋の足も動いた。

彼女は、その部屋のインターホンを押す。

「神崎さん？　どうしたんですか？　大丈夫ですか？」

そう甲高い声で叫んだ。

『大丈夫です。御心配かけて申し訳ありません』

と中の住人の声が微かに聞こえてきた。インターホンを押した中年女性とは正反対の、落ち着いた、上品な口調だった。

「——本当にだいじょうぶ?」

『だいじょうぶです。お騒がせしてすいません』

「——そう」

と中年女性は、何処《どこ》か残念そうな表情をして、ドアの前から離れた。

こちらを向いた彼女と目があった。

彼女は訝しそうに、三橋の身体を頭のてっぺんから爪先まで舐めるように視線を走らせた。

「あ、あの、ちょっとお尋ねしたいことがあるんですけど——」

慌てた三橋の口から、そんな言葉がついて出た。

「なにか?」

三橋は、陣内が消えたドアをあごでしゃくり、

「この部屋の住人をご存じなんですか?」

「ええ、それがなにか?」

「あの、今、この部屋に入っていった男の人と僕、知り合いなんですけど——。それで、あの——」

陣内を殺すと決意し覚悟を決めたものの、口べたなのは相変わらずだった。こんなしどろもどろな口調では、この主婦に不審者と勘違いされてしまう。だがその心配は杞憂《きゆう》に終わった。

「あの人のお知り合いなんですか？」

と興味津々の口調で彼女は話しかけてきた。

「――知ってるんですか？」

「ええ。もちろん話をしたことはありませんよ。でもあの男性の方、最近、このマンションで何回かお見かけしたんですよ。あのね、今、あの人が入っていった部屋、神崎って女性が住んでるんですけど、もう五十にも手が届こうっていうのに、独身で一人で暮らしているんですよ。いえね、独身がいけないって言うわけじゃないんですよ。でもとにかく近所づきあいをしない人で、昔結婚していたっていう噂もあるんですけど、それも本当かどうかも分かんないんです。なんだか暗い人で、挨拶をしたら応えてはくれるんですけど、それだけで。一体、なんの仕事をして生計を立てているのか、それすら分からなくて――」

次から次へと言葉を繰り出すその女性に、三橋は少し圧倒された。

「で、そんな神崎さんの部屋に最近、頻繁に男の人が出入りしているじゃないですか。

あんな若い男の人と付き合ってるのかしらって、私達の間では噂で――。ところで、あの男の人、どんな方なんですか？」

「えっ、あの――」

細野に助けを求めようと思い、後ろを振り向いた。だがそこに彼の姿はない。

女性に軽く会釈をして、逃げるようにその場を立ち去った。まとわりつくような彼女の視線を感じた。

階段脇の踊り場に、細野はいた。丁度、三橋が話をしていた女性からは死角になっている場所だ。

「あの――」

「陣内先生、女の元に通っているって訳か」

細野は、そうつぶやいた。先ほどの三橋と中年女性との話を一部始終聞いていたらしい。

＊

時刻は過ぎ、陽は落ち、やがて神崎の部屋は夕暮れ色に染まって行く。

陣内はジャケットから、愛用の手帳と水性ボールペンを取り出した。ページをぱらぱらと捲《めく》る。手帳には『スニヴィライゼイション』の様々な設定の元となったアイデアや、とりとめもない落書き、好きな小説から抜き書きした文章が、乱雑にちりばめられている。一体、これは何冊目の手帳だろうか。憶えていない。書き込まれた数々のメモを見ながら、陣内は感傷にふけった。

最後のメモ――。それは例の火災が起きた映画館で上映していた作品の上映時間だった。観ようかどうしようか逡巡していたあの頃が懐かしかった。

以来、自分はこの手帳にメモを書いていない。

陣内は、ボールペンのキャップを外し、映画の上映時間の下に、新たなメモを追加した。六月九日、陽の落ちた頃、自分は屋外で狂信的なファンに殺されるという趣旨の文章を、とりとめもなく書きつづった。

その時、携帯電話が鳴った。誰だろうとディスプレイを見ると、立花からだった。

電話に出た。

『陣内さん、今、どこにいるんですか？　ご自宅にかけてもいらっしゃらないし、細野さんに聞いても、居場所を知らないって言うんです』

立花のその声が、なんだか懐かしかった。

陣内は、言った。

「立花さん――遂に、俺の番が来たよ」

『はい?』

「神崎、の予知だよ」

『え――』

「どうやら俺も里美の後を追うことになりそうだ。立花さん、後は頼みましたよ――」

冗談めかして、言った。恐怖や不安は何故かなかった。もしかしたら、まだ彼女の予知能力を完全に信じていない自分がいるのかもしれない。

『陣内さん――そんな』

陣内はその立花の言葉を遮るように、こう言った。

「立花さん。明日になればすべて終わります。それまでしばらく待っていてください。明後日には連絡します」

その時まだ自分が生きていたら――という台詞を飲み込み、陣内は電話を切った。

神崎は、一人静かにテーブルにひじをつき、物憂げな表情をしていた。

陣内と目が合うと、お茶でも入れましょうか？　と言って静かに微笑みかけてきた。

陣内は、徐《おもむろ》に口を開いた。

「どうして――」

「はい？」

「どうして、そんなふうに僕に良くしてくれるんですか？」

神崎はその質問の意味が分からないと言った様子で首を傾《かし》げた。

「だって、そうでしょう。神崎さんにとって僕は赤の他人です。たとえ僕が予知に逆らうことに成功して、明日死ぬ運命から逃げることができたとしても、神崎さんにはなんのメリットもないんだ」

神崎は、静かに口を開いた。

「なんのメリットもない、と思われますか。陣内さんが殺されたら、もう『スニヴィライゼイション』が読めなくなってしまいます」

陣内は、苦笑した。

「僕が死のうが生きようが、もうあの漫画はがたがただ。後先考えずにハルシオンを殺して、それを無理に取りつくろおうとして、結局首が回らなくなった。苛立って、ファンやアシスタントに当たり散らして、それで信用を失った。僕はもうあの漫画を描き続ける自信なんてありません」

陣内は目を落とした。そんなことはありません、頑張って描いてください——とでも言われると思ったが、違った。

「私にとって陣内さんはもう他人じゃありません。好きな漫画の作者、というだけでもありません。他人とは思えないんです。陣内さんのことが」

陣内は苦笑した。

「情が、移ったんですか？」

「そうかもしれません。でも、もし私に子供がいたら、ちょうど陣内さんぐらいの年になっているなあって、思って。だから陣内さんのことを自分の息子のように感じてしまって——。ご迷惑ですか？」

いいえ、と陣内は首を横に振る。

「そう感じるのは、神崎さんの自由ですから」

神崎は、微笑んだ。

「陣内さんの親御さんって、どういう人なんですか？」

「僕の両親ですか？　別に、お話しするような親ではないですよ。父はごく普通のサラリーマンで、母もごく普通の主婦です」

「そう——。でも陣内さんは、自慢の息子さんでしょうね。あんなに人気のある漫画を描いているんですから」

「正直言って、そういうのって、ちょっと重荷ですけどね。僕の単行本が出るたびに、母親が何冊も買って親戚《しんせき》や近所に配ってるんです。実家に帰る度、サインしろサインしろってせがんできて——」

「親っていうものは、そういうものなんですよ。私も、陣内さんのお母様が羨《うらや》ましいです。こんな立派な息子さんをお持ちになって——」

気恥ずかしくなって、陣内はうつむいた。

そして、ぽつりとつぶやいた。

「両親——僕が死んだら、悲しむかな」

神崎は答えなかった。

うつむいたまま、顔を上げなかった。神崎と目を合わせることに恐れを抱いた。

明日、一日中この部屋に留まっていたところで、自分が死なない保証などどこにもないのだ。神崎の予知から、逃れられた人間は誰もいないのだ。里美、西園寺。そして映画館で亡くなった沢山の人々。たとえその予知を知り、心から信じたとしても、自分が例外であるとどうして言い切れる？

考えれば考える程、意識は底のない恐怖で満ちて行く。背筋が凍り付く。明日、自分は死ぬかもしれない。そのことを考えるだけで、理性も冷静さも、どこかへ溶けてなくなってしまう。死んだら人はどうなるのだろう、死んだらどこへ行くのだろう、子供のころはそんなことを悶々と考え、眠れなくなる夜もあった。自分という絶対的な存在が、この世から消えてなくなってしまうことが信じられなかった。死んだら世界はどうなるのだろう。自分が死んだ後もずっと変わらず続いて行くのだろうか。だが、成長し、社会人になり、漫画の仕事に追われる日々を過ごす内に、そんな青臭い情動はどこかに消え去っていた。

今では——。

「死にたくない——」

ぽつりと、つぶやいた。

＊

細野と別れ、帰宅したのは夕暮れ時だった。

陣内を殺す前に、自分の度胸を確かめようと思った。

三橋はスーパー『マルバヤシ』に向かうために、家を出た。

隣家の二階を見上げる。ここからでも、喧《やかま》しいヒップホップが聞こえてくる。ボリュームを下げるつもりなど更々ないらしい。昔の自分だったら、いつものことだと諦《あきら》めその場を立ち去っていたが――。

三橋は家の前の道端に落ちている石ころを拾った。大きく振りかぶり隣家の二階の窓目がけて、思いっきりその石ころを放った。夕焼けを切り裂く騒音に重なる、けたたましい音楽。窓ガラスは粉々に砕け、大きな穴が空いた。

三橋は振り返らずに『マルバヤシ』へと歩いた。誰か家の中から出てくると思ったが、そんな気配は感じなかった。ただ、鮮やかな夕暮れにはとてもそぐわないＢＧＭが、割れた窓から町内に流れ出ていた。

(だいじょうぶ。俺にはできる)

社宅の前の駐車場で近所の主婦達が立ち話をしている。ガキ共が、まだ補助輪のついた自転車を乗り回している。三橋の存在など無視して、ガキ共は自転車を乗り回す。三橋の、前を、横を、後ろを、自転車は走り抜ける。母親達はそんなガキ共に注意をしようという素振りすら見せない。舐められていると思った。毅然《きぜん》とした態度をとらないから、こいつらは俺に敬意を示さないのだ。

うらぁっっッ！　三橋は絶叫し、前を走る自転車を蹴飛ばした。自転車は転倒し、ガキがその下敷きになった。ガキは派手に泣き出した。血相を変えて母親達が駆け寄ってくる。三橋は母親達に向かって、転倒した自転車を持ち上げ、投げつけた。きゃぁ、と無様な奇声を発し、母親達は逃げまどう。ざまあみやがれいい気味だ。自転車はアスファルトに叩き付けられ、補助輪が外れ宙を舞った。ざまあみやがれいい気味だ。もう一匹のガキが縄跳び用の縄を片手に、ぽかんとした表情で三橋を見つめている。

三橋は、言った。

「見るんじゃねえ、てめぇ。ぶち殺すぞッ」

その三橋の恫喝《どうかつ》に、ガキは顔をくちゃくちゃにして泣き出した。

ガキの泣き声を背に、その場を後にした。母親達の言葉が背中に降りかかる。なに、あの子、どこの子？　タカヒロちゃん大丈夫？　怪我《けが》しなかった？　あそこの三橋さんのとこの子よ。はいはい、もう泣かないで。ねえ、後で三橋さんの家行きましょうよ。一応、お医者さんに診てもらわないと駄目だよ。こんなことされて黙ってることないわよ。タカヒロちゃんの治療費と自転車の修理代ぐらいは出してもらわないと

――。

そんな声など、今の三橋にはなんの痛痒《つうよう》も感じない。

（だいじょうぶ。俺にはできる。俺は臆病者なんかじゃない）

スーパー『マルバヤシ』に着いた。いつもの通り、従業員用の裏口から入る。

タイミングがいいことに、副店長がそこにいた。副店長は倉庫からカップラーメンの箱を出し、千夏の友達の女の子が押さえている台車に乗せる作業を繰り返していた。

彼は三橋と目が合うやいなや、嫌味ったらしく言った。

「おやおや、三橋先生。今、ご出勤でございますか。二十分も遅刻して、まったく偉くなったもんでございますねぇ」

千夏の友達は、その副店長の言葉を聞いて、クスクスと笑った。

しかし三橋は動じない。

「あ？　お前なに突っ立ってるんだよ。さっさとエプロンつけて店内行けよ。やることと分かってるんだろ？」

大丈夫だ。もう副店長相手にびびることも、どもることもない。

「三橋ぃ――。お前ぇ、俺になんか文句でもあるのか？」

三橋のただならぬ雰囲気を感じ取ったのか、副店長はそう言ってこちらに歩み寄ってきた。

しかし、動ずることはない。

三橋は、腹の底から絞り出すような声で言った。

「今日限りで、店を辞めさせてもらいます」

「あ?」

間抜け面で副店長はそうつぶやく。

「辞めるって言ってるんだよッ。聞こえねぇのか、この馬鹿がッ」

しっかりと副店長の目を見て言った。

「てめぇ——」

副店長が、三橋を睨め付けた。三橋も怯まずにらみ返した。そして吐き捨てる。

「では、これで失礼します。もうあんたと生涯会うこともないでしょう」

今日、『マルバヤシ』に来たのは副店長にこの台詞を言うためだった。

「おい、ちょっと待て——」

肩に副店長のごつごつした手が置かれる。

「触るなッ」

副店長の手を払いのけた。その時、腕が副店長の顔面にぶち当たった。うおっ、と呻《うめ》いて副店長が顔を背ける。

「やりやがったなぁ――」

わざとやった訳ではないので謝ろうと思ったが、止めておいた。自分はもう以前の自分ではないのだ。

「やりやがったから、なんです？」

「三橋ぃ――」

三橋は勢いをつけ、副店長の腹に思いっきり体当たりした。副店長が後ろによろめき、台車に激突した。台車は横倒しになり、その弾みで副店長は床に倒れ込んだ。そこら中にカップラーメンが散乱した。

「大丈夫ですかぁっ」

半泣きになりながら、千夏の友達が副店長にかけよった。副店長は、うう、と呻きながら立ち上がろうとしている。身体のどこかを強く打ったかもしれない。いつもの尊大さは微塵もない。いい気味だ。三橋は心の中でせせら笑った。

副店長を立ち上がらせながら、千夏の友達がこちらを見ている。怯えた表情だ。

三橋は言ってやった。

「見るんじゃねえ、てめぇ。犯すぞッ」

慌てて彼女は目をそらした。騒ぎを聞きつけ、肉屋と魚屋もかけつけてきた。騒げ騒げもっと騒げ。三橋は彼らに軽蔑《けいべつ》するかのような視線を投げつけ、その場を後にした。いい気分だった。長年の胸の痞《つかえ》が取れてほっとした。今までの自分は、本当の自分ではなかった。俺は今、覚醒したのだ。

(だいじょうぶ。俺にはできる。俺は臆病者なんかじゃない。俺は陣内龍二を殺せるんだ)

家に帰った。あの社宅の前の駐車場には人っ子一人いなくなっていた。代わりに、隣家の前に人集《ひとだか》りができていた。救急車が止まっている。いてぇよぉ、と泣きわめきながら、頭から血を流した浪人生が担架で運ばれていく。奴の金髪は所々赤黒くなっている。周囲の野次馬達の話を小耳に挟む――。何者かの投石による負傷――。割れた窓ガラスの破片を頭から被《かぶ》った――。

いい気味だ。どいつもこいつも、この俺様を馬鹿にするから罰が当たったのだ。

――大丈夫だ。

三橋は部屋に戻り『スニヴィライイゼイション』のページを開いた。そのページは、もう何回も見返したせいで手垢《てあか》で汚れてしまっていた。

チャイムに語りかける、ハルシオンがいた。

『あなたは醜くない。弱くもない』

そう、ハルシオンはチャイムの耳元で囁いた。

そうだ。俺は弱くない。今日、自分が行った三つのふるまいが、それを証明している。隣の家の馬鹿浪人、うるさいガキ共、むかつく副店長。みんなに復讐してやった。

自分が腰抜けでないことを証明してやったのだ。

――大丈夫。

弱くもなければ、腰抜けでもない。そのことは、今日証明できた。

俺は、陣内龍二を殺せるんだ。

そう、確信を持って、三橋は思った。

『強い人は、美しいから』

そのハルシオンの声が、ずっと心の中で響いていた。

＊

時刻は、夜の十一時を回っていた。

帰る気力もなくなり、結局泊まることになった。これでは神崎の思う壺《つぼ》だと思ったが、それ以上思考が回らなかった。少なくとも、悪い人間だとは思えない。いくら自分の漫画の大ファンだからって、危害を加えるようなことはないだろう、と考えた。

神崎の手料理を食べた。その素朴な家庭の味は、最近とみに外食ばかり繰り返している陣内にとって随分と新鮮なものだった。食事の最中、やけに神崎は明るく話しかけてきた。話題は漫画のことばかりだ。明日のことを考えさせないよう無理に明るく振る舞っているのか、それとも久しぶりに他人と一緒に食事をとることに気分が高揚しているのか——恐らく、その両方だろう。


神崎は座椅子に座り、うつらうつらしている。陣内は神崎に、さっき彼女が着ていたカーディガンをかけた。

明日まで——あと一時間もない。

陣内は、玄関に向かい、外に出た。

夜の空気が、心地よかった。

一階に降り、外に出る。自販機で缶コーヒーを買い、マンションのすぐ側にある児童公園に向かう。

ブランコに腰掛け、缶コーヒーに口をつけた。

夜空を見上げる。欠けた月とわずかに光る星々以外には、夜空を彩るものはなにもない。

何故だか、先ほど神崎の部屋で襲われた打ち震えるような恐怖と不安は、今は感じなかった。

夜の空気。少しの星。

車の音も、電車の音も、聞こえない。

まるで、世界中でたった一人だけになった気持ちだった。

里美のことを、考えた。

泣く里美、怒る里美、笑う里美、里美の死体――。

もう何回も、同じことばかり考え続けてきた。里美と過ごした日々、そして彼女の死――。どうして彼女が死ななければならなかったのか？　理不尽な思いで胸がいっぱいになった。

だが神崎に己の死を予知された今では――。

今では、里美の死を受け入れることができるような気がする。

――そうだ。

人はみな、いつか死ぬのだ。

里美も。

――そして自分も。

「陣内さん――」

その声に、振り返った。

カーディガンを羽織った神崎が、そこにいた。

「なにしてるんですか――こんなところで」

表情も険しく、彼女は言った。

「夜風に当たって、気持ちを落ち着かせていたんです」

そう陣内は静かに答えた。

神崎は腕時計を示して、陣内に言った。

「あと二十分で六月九日になるのよ？　それなのに、こんなところでのんびりしていて、もし誰かが襲ってきたらどうするのッ？」

まるで粗相をした子供を叱《しか》るような口調で神崎は言った。そんな自分に気づいたのか、神崎ははっとした表情を浮かべ顔を赤らめた。

「ごめんなさい――。私、陣内さんにこんな口をきいて」

いいんです、と陣内は微笑んで言った。

むしろ、これほどまでに自分を気づかってくれていることが分かって、嬉しかった。

「とにかく、早く家に戻りましょう」

神崎に急かされ、陣内は公園を後にした。

「神崎さん」

「なんです？」

「僕が死んだら、泣いてくれますか？」

神崎は、その陣内の言葉には答えなかった。ただ、悲しそうに目を細めた。

＊

六月九日。

朝日と共に三橋は目覚めた。

すぐにベッドから飛び降りた。はやる気持ちを抑えられず部屋中歩き回った。気分は高揚していた。目覚めが悪い朝を迎え、だるい体を抱えながら布団の中で二度寝していた日々が嘘のようだ。

そうだ——。自分は生まれ変わったのだ。

もう俺は以前の俺ではない。頭のスイッチは、陣内龍二殺害モードに切り替わっている。

どうしてこんなに朝から元気はつらつとしているのか。それは自分のやるべきことを見つけたからだ。特技もなく、人生の目標すらなく、毎日をだらだら送っている。そんな体《てい》たらくだから、今まで、ガキや副店長に馬鹿にされていたのだ。

自分のやるべきこと、それは陣内龍二を殺すこと。

そのために自分は生まれてきたのだと、今では確信を持って思える。

殺せ、殺せ、殺せ。

頭の中で天使がそう囁き続けている。

——殺して。

そう憂いを帯びた口調で、ハルシオンが懇願する。

ああ、分かってる。君を殺した陣内龍二に復讐してやるんだ。

灰色だった世界が輝いて見えた。鏡で見る自分の顔も、いつもよりも男前に見える。

強い意志を持て。鉄の意志だ。それが自分を動かし続けているのだと肝に銘じろ。

だから自分は陣内を殺すことができる、いや、殺さなければならない。

決戦の日は、今日だ。

戦いに備えて、十分に食事をとらなければ——。三橋はトーストにマーガリンをぬりまくり、瞬く間に三枚を平らげた。牛乳もがぶ飲みする。食欲全開だ。なにも問題はない。

——陣内を殺す。

それが自分の使命だ。

出かける前に、千夏の携帯に連絡を入れた。

『——ああ、三橋君』

と疲れたような声を千夏は発した。

「今、どこにいるんだ?」

『どこって家だよ』

「今日は、仕事場に行くのか」

『分かんない。チーフの細野さんからの連絡待ちかな。でもね——三橋君』

「なんだよ」

『——私、陣内先生のアシスタント辞めようかと思ってるの』

「どうして」

『陣内先生、前からどこかおかしかったの。仕事中でもぼおっとして、結局、漫画がなげやりになって、人気も落ちて――。人気が落ちるのは仕方がないかもしれないけど、怖いのは陣内先生がそれで焦るとか、そういう素振りをまるっきり見せないのよ。なんかもう、漫画なんかどうでもいいって感じで――』

「ふん」

三橋は鼻で笑った。大方、漫画家としての自分の才能に見切りをつけたというのが正直な所だろう。いきなり『スニヴィライゼイション』を終わらせる度胸がないから、試しにハルシオンを殺したという訳だ。ハルシオンの死など――陣内にとってその程度のものだ。だが、その選択がとてつもない誤りだったと陣内が気づくのは、もうすぐだ。

「それで、今日は、陣内大先生はどこにいるんだ？」

『先生がどこにいるかって？　当然仕事場のあのマンションには来てないだろうし、自宅に電話しても誰も出ない。細野さんが携帯に電話をかけて、その時は先生は出たんだけど、自分がどこにいるのかを言わないのよ。今日一日だけ姿を晦《くら》ます、神様が気まぐれを起こしたら明日仕事場に顔を出すって――。そんな訳のわからないことを細野さんに言ったらしいの』
あそこだ、そう三橋は直観した。
鶴見のマンション。あの女性――。
確か名前は神崎と言った。
『――ねえ、三橋君』
千夏が怖ず怖ずと言った。
『――昨日言ったこと、冗談だよね？』
「昨日言ったことって？」
『今日。六月九日に、ハルシオンの命日に、陣内先生を殺すって――』
三橋は声を押し殺して、答えた。
「どうして、お前は冗談だと思うんだ？」
『――え』
千夏は答えない。
三橋は、更に言ってやった。
「どうして、俺がさっき陣内の居場所をお前に聞いたと思う？」
息を呑むような千夏の動揺が、受話器から伝わってきた。

『ねえ、冗談でしょう？　冗談って言ってよ』

三橋は、わざとらしく笑って、こう言った。

「冗談もなにも、お前も居場所を知らないっていうのに、どうして俺が陣内を殺せるんだよ」

絶対に殺す、殺してやる。もし鶴見の女の元にいなければ、自宅や仕事場に張り込んでも陣内を見つけ出す。もし今日中に殺せなければ、明日に持ち越しだ。本当は来年の六月九日に殺した方が美しく計画が完結するのだが、一年もしたらまた元の臆病者の自分に変わっていないとも言い切れない。

『――三橋君。もしかしたら心当たりがあるんじゃないの？』

「どうして、そう思う？」

『昨日、細野さんと一緒に、陣内先生の後を追っかけたんでしょう？　陣内先生、鶴見の知り合いの人に会いに行ってたって細野さん言っていたけど』

「細野に聞いたのは、それだけか？」

『――うん』

「大丈夫、すぐに結果は出る。一日二日の辛抱だ」

千夏は不安そうな声を発する。

『ねえ、三橋君――』

携帯の停止ボタンを押した。そのまま電源を切る。

机の引き出しを開けた。

そこには先日、自宅に到着したベンチメイド社のタクティカルナイフが入っている。手に取った。重量感がある。刃先に軽く指で触れた。ほんの少し指を動かすと、それだけで指先に鋭い痛みが発した。赤い血が滴《したた》り落ちた。

血が出た人差し指を、口に含んだ。血の味が口いっぱいに広がる。

次に味わうのは。

飲み干せないほど沢山の陣内の血。

*

六月九日。

朝日と共に陣内は目覚めた。一瞬、今までのできごとはすべて夢ではなかっただろうかと考えた。だが思考が冴《さ》えるにつれ、これは紛れもない現実だとすぐに気づく。

布団から起きあがる。気分とは正反対に、目覚めは爽《さわ》やかだった。以前の陣内は、寝ても覚めても漫画のことばかり考え続けていた。夢で見るほどだ。いつも眠った気がしなかった。

だが、今ではそんな漫画のことなど忘れてぐっすり眠ることができる。こんな状況と引き替えに安眠を手に入れるなんて、酷い皮肉だ。

香ばしい匂いがする。引き寄せられるように陣内はキッチンに向かった。

神崎が食事を作っていた。

トントントン――包丁とまな板が、リズミカルな音をたてる。そのリズムは、大根を千切りにして行く。

「おはようございます」

と笑顔で、神崎は会釈をした。陣内も、それを返す。

「――手伝いましょうか？」

「いえ、座っていてください。お客様に仕事をさせるなんて申し訳ありませんから」

今日一日だけの平穏な朝だった。

もし運命の手を逃れて、生き延びることができるのならば、その後も自分はこの予知能力者と、奇妙なつきあいを続けるのだろうか――。

そんなことを、ふと考えた。

神崎と二人きりで静かな朝食をとった後、陣内はなにをする訳でもなく部屋に佇んでいた。神崎も時間が経つにつれ、段々と口数少なくなっていった。

神崎が壁に向かってなにかの作業をしている。なんだろうと覗き込むと、壁の時計を取り外していた。

「なにをしてるんです？」

その陣内の問いに、神崎は疲れたように笑って、答えた。

「一一七に電話して、正確に時間を合わせておこうと思って――」

陣内は、苦笑して言った。

「一秒単位まで、正確にお願いしますね」

「ええ――分かりました」

テレビの上の、青い花瓶に視線が行く。この花瓶に花が活けられているのを、陣内はまだ見たことがない。

「花でも買って来ましょうか？」

と陣内の視線に気付いたのか、神崎が言った。

「昔はあの花瓶にいろいろな花を活けて楽しんでいたんですけど、今は――。女の一人暮らしが長いと、どうしてもそういう所ががさつになりがちで」

陣内はその神崎の言葉に、皮肉混じりに答えた。

「明日になっても、まだ僕が生きていたら。そのお祝いに、あの花瓶に花を活けましょう」

冗談を言う余裕があるなんて、自分でも意外だった。

一時間、二時間――。

一秒も狂わず日本標準時に針を合わせた時計が刻む時間は、ゆっくりと、しかし確実に過ぎ去って行く。

正午を迎えた。だが日はまだ高い。なにも起こる気配はない。

その時、インターホンが鳴った。

＊

――鶴見。神崎のマンション。自宅にも仕事場にも陣内はいないという。勿論、その千夏の話を頭から信じる訳にはいかないということは十分承知している。彼女が自分に本当のことを話す保証などどこにも存在しない。

だが、陣内という男がアシスタントからも信用されていないということは部外者の三橋にも十分見てとれる。

神崎の部屋。

インターホンを押す。

暫く待った。だが一向に誰も出てくる気配がない、留守なのだろうか。

あきらめかけたその時、ドアが開き、不安そうな顔をした中年の女性が顔を出した。チェーンがかかっているので、無理に室内に押し入ることは出来そうにない。

間近で見る神崎の顔。美人の顔立ちで三橋の母親よりも大分年下に見える。だが年《とし》増《ま》であることには変わりがない。愛人にするならもっと若い女はいくらでもいるだろうに。

三橋は言った。

「陣内龍二先生の知り合いの者ですが、陣内先生、こちらにいらっしゃらないですか？」

神崎は素っ気なく首を横に振って、いません、と答えた。更に三橋は言葉を発しようとしたが、その前に、にべもなくドアは閉ざされた。

＊

神崎は腰を浮き上がらせたまま、陣内を見た。

陣内は立ち上がった。神崎を制し、玄関に向かった。

ドアスコープで外を覗く。

そこにいたのは――。

「神崎さん」

思わず小声で言った。

「僕なら、いないと言ってください」

陣内の様子を察したように、分かりました、と神崎は頷く。

玄関に出た神崎と、訪問者の会話が聞こえてくる。思わず陣内は息を止めた。

「陣内龍二先生の知り合いの者ですが、陣内先生、こちらにいらっしゃらないですか？」

――三橋。一体、どうして自分がここにいることが分かったのだろうか？　どこでこの部屋のことを知った？

神崎は、いません、と三橋に答え、そしてすぐにドアを閉めた。止めていた息を吐いた。

「陣内さん、ひょっとして今の――」

ええ、と陣内は頷く。

＊

陣内をかくまっているということはないだろうか。その可能性が強いように、三橋は思った。玄関先に顔を覗かせた、神崎という女の態度。あれはなにかに怯える者が見せる行動だ。一昔前までは臆病者だった三橋には、良く分かる。

もし陣内をかくまっているのならば、あの女を殺してでも部屋に押し入ってやるが、余計な騒ぎを起こして陣内の殺害が妨げられるのは好ましくなかった。騒ぎが起きるのは、陣内を殺してからでいい。

どうする？　どこに行く？　陣内が顔を出すまで、ここに居座っているか？　それとも別の場所を探しに行く？

その時、携帯が鳴った。

細野からだ。昨日、細野と別れる際に、自分の携帯の番号を教えておいたのだ。しかし一体、なんの用だろう。

『――もしもし。三橋君、今、どこにいる？』

三橋は暫く考え、

「家にいます」

と嘘をついた。

『そうか。電話したのは他でもない。陣内先生の件なんだけどね』

「陣内先生？」

思わず、細野の声に全神経を集中させた。

『編集者の、立花さんって人にきいたんだ。先生、立花さんとは結構親身になって、なんでも包み隠さず話していたらしいから――』

「で、なんです？」

『昨日、陣内先生の後をつけただろ？　先生、鶴見のマンションに住む、神崎っていう女の部屋に入っていった』

まさか自分がそこにいるとは、細野も気づくまい。

『昨日、君が事務所に来た時に話しただろう？　陣内先生、最近、予知能力者を気取っているファンと親密らしいって』

「――ええ」

そんな話、すっかり忘れていた。

『そいつが、その神崎らしいんだ』

「え？　そうなんですか――」

『先生の婚約者が亡くなったこと、自分の住んでいるマンションの屋上から飛び降りて作家が自殺したこと、鶴見の映画館が火事になって死人が沢山出たこと――。そのすべてを、神崎という女は予知したらしい』

「馬鹿なことを」

思わず三橋はそう呟いた。映画館の火災なら自分も知っている。それをあの神崎という女が予知したというのか？　そんなもの、ペテンかなにかだ。

『うん。でも陣内先生は、その女の言うことを信じかけているみたいなんだ。それで、今度は自分も里美さん――婚約者の後を追うことになりそうだと、立花さんに電話で言ったんだって』

思わず、はっとした。

「後を追うって、死ぬってことですか？」

『――ああ、どうもそうらしい』

「死ぬって、どんなふうに死ぬんですか？」

『それはきかなかったらしいけど。三橋君が昨日、あんな冗談を言うから、先生本気で怯えちゃって、どこかに閉じこもってるんじゃないかな。外に出なければ死ぬこともないと、そう思ってるのかもしれない』

冗談なものか。自分は、本気だ。

もしかしたら、神崎という女は、本当に予知能力者なのかもしれない。陣内の婚約者の死やら、作家の死やら、映画館の火事などは知らない。だが陣内が死ぬという予知だけは当たっているではないか。

なぜなら、陣内は、自分がこの手で殺すからだ。

陣内がこの神崎の部屋にいる可能性はますます高くなった。だがどうやって部屋に押し入る？　ドアにはチェーンまでかかっているのだ。

『今、陣内先生。神崎さんの所にいるのかな』

──細野。

ふと、ある考えが浮かんだ。

三橋は、言った。

「細野さん。ちょっとお願いがあるんですけど」

インターネットの通販で買ったアダルトグッズは、まだ千夏に試していない。これがこんな所で役に立つとは思ってもみなかった。

一度家に帰り、それを持ってここに戻って来る──その所要時間を三橋は頭の中で計算した。多少の時間のずれは当然あるだろうから、細野との待ち合わせの時間は、夜にしておいた方が賢明だろう。

＊

茫漠《ぼうばく》と時間は過ぎていった。夕食をとるかと神崎はたずねて来たが、とてもそんな気分にはなれなかったので、首を横に振った。

神崎との間には、ほとんど会話はなかった。
ただ、時間が自分の意識と一体になり、ぼんやりと過ぎていった。
――八時、あと四時間。
――九時、あと三時間。
――十時、あと二時間。
陣内は時計を見つめ続けていた。そしてただ、自分を死に導く者を待っていた。
そして時刻は、午後十一時を回った。
「――あと一時間で、六月九日は終わる」
そう陣内は呟いた。
十分、二十分――時は過ぎて行く。
その時、インターホンが鳴った。

陣内は立ち上がろうとする神崎を手で制し、玄関に向かった。
ドアスコープで外を覗き見る。
そこには細野がいた。
細野といい三橋といい、一体どうしてこの場所を知っているのか。そして、一体なにをしに来たのか。

──残り、三十六分。

陣内は、そっとドアから立ち去ろうとした。だがその時、何者かがドアを叩く音がした。細野の声が聞こえた。

「陣内先生、いるんでしょう?」

陣内はドアのチェーンを外し、キーに手をかけた。彼ならば信用できる。だが──。

開けるか開けまいか、逡巡した。

その時、背後から現れた神崎が陣内の腕をつかんだ。

神崎は陣内を見つめ、無言で首を横にふった。そして向こうに行くようにうながした。

陣内は彼女の指示に従い、背を向けた。リビングに向かい、自分の姿が玄関から確認出来なくなる位置に移動した。

ドアのロックが開け放たれる音がした。

その時──。

神崎の小さな叫び声、そして何かが倒れる物音、ドアが閉まりロックがかかる音、誰かが乱暴に室内に踏み入る足音──。

「やっぱり、ここにいたんだな」

背筋が凍った。

「信用しているチーフアシスタントを連れてくれば、ドアを開けると思ったんだけどな。それでも隠れているなんて、お前はよっぽどの臆病者だ」

聞き覚えのある声。陣内は、身体を硬直させたまま、振り向いた。

三橋が、そこにいた。そして手には、ナイフを持っている。果物ナイフやカッターナイフといった可愛いものではない、アクション映画で見るような大振りのナイフだ。

「どうして」

そう陣内は呟いた。

「俺は、今日、歩道の上で死ぬんだろ？　それなのに、どうしてここで殺されるんだ？」

三橋は鼻で笑って答えた。

「知るかよ、そんなの」

その時、止めてっ、と叫びながら神崎が三橋に体当たりした。彼の手にあるナイフを振り解《ほど》こうとする。だが無駄な努力に終わった。三橋はナイフの柄を振り上げ、神崎の顔面に叩き込んだ。短く叫んで神崎は倒れ込んだ。だがすぐに立ち上がり、部屋の隅に置かれた電話機に近づこうとする。その行動を見て取った三橋は、神崎を後ろから突き飛ばした。神崎はテーブルの角に頭を強くぶつけ、そしてぐったりとして動かなくなった。

三橋は電話機を持ち上げた。電話線を切り、電話機を床に叩き付けた。

陣内は、微動だにできなかった。

電話機が駄目になっても、ジャケットの内ポケットには携帯電話が入っている。だがどちらにせよ、こんな状況ではとても一一〇番通報している余裕はない。

「――細野は」

そうかすれた声で、呟いた。

「ふん、こいつか。ここにいるぜ」

陣内は勇気を振り絞り、三橋に一歩近づいた。それにつれて三橋も後ろに下がって行く。だが視線はしっかりと陣内をとらえ、ナイフの切っ先をこちらに突き付けている。

細野はそこにいた。

両手首は手錠、両足首には足枷《あしかせ》をかけられ、ぐったりとしていた。

「先生――すいません」

そう細野は床に横たわりながら呟いた。

三橋は嬉しそうに笑っていた。

「この手錠と足枷、あんたのアシスタントの千夏とセックスする時に使おうと思ってたんだ。あいつがベッドの上から逃げ出さないように。それが、まさかあんたを殺すために使うとはな。こいつ、俺がナイフを突き付けたらそれだけでびびってよ。俺の言いなりだぜ。ドアスコープの前に立って、陣内先生いるんでしょうって叫べって命令したら、なんの抵抗もなくやりやがった。まったく不幸なのは腰抜けのアシスタントを持った陣内大先生だよなぁ」

「――なにが望みだ？」

陣内は絞り出すような声で言った。

「望み？　望みだって？」

そう嘲笑うかのような口調で彼は、

「じゃあ、泣け」

三橋は一歩こちらに歩みを進める。

「叫べッ」

陣内は一歩、遠ざかる。

「命乞《ご》いをしろッ」

「――いやだ。お前に俺が殺せるものなら、殺してみろッ」

ただの強がりだった。無様に命乞いをしようがしまいが殺されるのだったら、最後ぐらい毅然としていたかった。だが身体の震えは抑えることができない。

三橋が持つ、切れ味鋭そうなナイフは、陣内の視線をとらえて離さない。

「強がりやがってッ」

三橋は叫び、神崎にやったのと同じように、ナイフの柄を陣内の顔めがけて振りかざしてきた。避けるまもなく柄の一撃が顔面に決まった。暗闇。星が飛ぶ。倒れ込む。なま暖かい感触。額から流れた血が、ゆっくりと顔を垂れてくる。

震えが止まらない。そんな自分が情けなかった。身体を覆い尽くす影。見上げる。三橋が不敵な表情を浮かべ、陣内を見つめていた。とてつもなく大きな存在だった、今の三橋は。昨日、仕事場を訪ねて来た彼とは、まるで別人だった。

「どうやって殺してほしい？」

三橋の質問が、頭上から振ってきた。

「どこから切り落とす？　耳か？　鼻か？　それとも目玉をえぐり出すか？」

陣内は答えることが、できなかった。

「まあ、いい——。俺にだって、慈悲の心ぐらいある。楽に殺してやるぜ」

三橋はナイフを振り上げた。

その一瞬、陣内の脳裏に思考が駆けめぐった。こんな奴に自分は殺されるのか？　いくら相手が刃物を持っているからといって、こんなに簡単に殺されていいのか？　大丈夫、自分はまだ死なない。ここは室内だ。神崎が予知した歩道じゃない。

陣内は手を上げた。三橋のナイフを叩き落とそうとした。その陣内の動作に気づいた三橋もナイフを容赦なく振り下ろしてくる。

迫ってくる刃先を、すんでの所でかわし——。

三橋のナイフを持つ手首を、摑《つか》んだ。

間髪入れず、そのまま三橋を組み倒そうとする——。

次の瞬間、妙なことに気づいた。

三橋の身体からは、まるで力が感じられなかった。己の手首をつかむ陣内の手を振り解こうという素振りも見せない。

陣内は、ゆっくりと三橋の顔を見やった。

三橋の目は確かにこちらを見つめていた。だがその瞳には、陣内の姿は映っていなかった。

三橋の眉間《みけん》から、一筋の赤い血がこぼれ落ちた。三橋の眼球は、その血を確認するかのように寄り目になり、そしてそのまま白目になった。

陣内は、三橋の手からナイフを奪い取った。呆気《あっけ》なく、彼の指先はナイフの柄からほどかれた。

三橋の身体はそのままぐらりと横に揺らいだ。そしてそのまま、床に倒れ込んだ。

陣内は、彼の背後に立っていた人物の姿を見て取った。

神崎が、そこにいた。

手には、割れて、半分になった花瓶を持っていた。

あの、テレビの上に置かれていた、空っぽの青い花瓶だった。

三橋の周囲には、花瓶の破片が散乱していた。

「――助かりましたね」

そう言って、神崎は恐怖に硬直した微笑みを浮かべた。

体中が脱力し、思わず陣内は神崎の方によろめいた。神崎は陣内の体を支えた。彼女の手から割れた花瓶が滑り落ち、床に落ちて転がった。

「僕は、まだ、生きている」

そう自分に言い聞かせるように、つぶやいた。

神崎は――。

「まだ安心しては駄目です。今日は後、三十分近く残ってるんですから」

神崎から身体を離し、無言で陣内は頷いた。そして、床に転がっているナイフを取り上げ、三橋から離れた部屋の隅に置いた。

神崎は、倒れた三橋のポケットをまさぐっている。

陣内は三橋に近づいて、彼の喉元を強く掌で押さえた。血管が脈打っているのが感じられた。

「――死んでない。気を失っているだけだ」

「そうですか――。じゃあ、また暴れないように拘束しておかないと――。ああ、ありました」

そう言って神崎は三橋のポケットからなにかを取り出し、陣内の目の前にかざした。黒い紐《ひも》の先に結ばれた金属製のそれは、小さなアクセサリーのように見えた。

「手錠の、鍵です」

陣内は頷き、神崎からそれを受け取った。

倒れている細野の元へ急ぎ、彼の両手両足の拘束を外してやる。

「――大丈夫か」

その陣内の問いかけにも、細野は力なく頷くだけだった。恐怖の所為《せい》か、その身体はぶるぶると震えている。もしかしたら三橋に一方的な暴力を振るわれたのかもしれない。

再び三橋の元に戻り、倒れている彼の両手両足を細野と同じように手錠と足枷をはめる。

一段落すると、陣内は大きくため息をついて床に腰を下ろした。

「陣内さん。怪我されませんでした？」

「僕は大丈夫です。それよりも、神崎さんは？」

「私も大丈夫です。さっき頭を強く打ったけど、それだけですから」

「そうですか――。良かった」

「それより早く警察呼ばないと」

「ええ――」

「説明が面倒でしょうね。どうして僕が今日、神崎さんの部屋にいるのか――」

「そうですね。でも、丁寧に説明すればきっと分かってくれるはず――」

その時。

背後から、声が降ってきた。

「二人とも、動くな」

その声に、思わず陣内は息が止まった。

ゆっくりと、振り返った。

そこには細野がいた。

さっきまで三橋が持っていたナイフを手に、細野は仁王立ちしていた。ナイフの切っ先は、まっすぐこちらに近づいてくる。

陣内は、唾液《だえき》を飲み込み、口を開いた。

「――どういうつもりだ。細野」

「見れば分かるでしょう？　先生？」

と細野はふてぶてしく言った。そして、

「今、ここであんた達二人を殺しても、その罪は全部そこで気絶している三橋に擦《なす》りつけることができる――」

そう彼は、自分に言い聞かすように、呟いた。

「お前、今、自分がなにを言っているのか分かっているのか？」

震える声で、陣内は問いかける。

「先生を殺すつもりじゃなかったんです。だって、三橋が殺してくれると思ったから。

でもあいつ肝心な所でしくじりやがって――」

「細野――お前、三橋とグルだったのか？」

細野はなにかに取りつかれたように話し出した。

「違う。三橋は、僕が先生に死んでもらいたがっているなんて、知らなかったんだ。ただ僕は、三橋が先生に抱いている殺意に気づいて、好都合だなって思って――。だから三橋が先生を殺そうとしていることに気づいても、見て見ぬ振りをしていた。僕は先生がこの部屋にいることを知っていた。昨日、三橋と一緒に先生を尾行したから。立花さんから、先生がどこにいるのか知らないかと聞かれたけど、僕は知らないと答えたんだ――。先生、おかしいと思いませんでした？　どうして僕が三橋に両手両足を手錠で拘束されている間、抵抗しなかったのかって。いくらナイフを持っているからって、相手は一人だ。手錠をはめている間に、絶対注意がそれるから、その間にいくらだって反撃できた――。答えは簡単なことですよ。びびったふりをして、三橋にされるがままになっていたんです」

時計を見た。

残り時間十七分。

「――細野？　俺を殺すのは三橋じゃなくて、お前だったのか？」

だが細野はその陣内の問いには答えない。

「三橋は気絶している。僕は今まで手錠でつながれていた。だから余計なものにはいっさい手を触れていない。指紋の心配はない。あなた達を殺した後、このナイフを三橋に握らせ、彼の指紋をべったりつければ、問題はなにもない」

そう自分に言い聞かすように細野は呟いた。

「あなたをいつか殺してやろうって、そう思っていた。だけど、僕は三橋みたいに馬鹿じゃない。僕はまだ若い。人生はこれからだ。なのに、あなたを殺したことで人生を棒にふってしまうなんてごめんだ」

「――どうして、俺を殺すんだ？」

残り時間十五分。

「陣内先生、言ったでしょう？　先生が死んだら、『スニヴィライゼイション』を僕にまかせてくれるって」

陣内は、思い出した。

――もし俺が死んだら『スニヴィライゼイション』はお前にまかせるぞ。

動揺して、つい口に出してしまったその言葉。それが今になって、こんな事態を生むとは――。

「みんな、あなたと喧嘩してアシスタントを辞めていった。残ったのは僕一人だ。僕も漫画家になりたいという夢があったから、あなたのアシスタントを続けていれば、いつかきっとデビューのチャンスがつかめると思った。だから、僕はあなたの元に残ったんだ。だけど、すぐに後悔した。ハルシオンが死んだのは悲しかったけど、それはまだ我慢できる。僕が我慢できなかったのは、あなたがハルシオンを殺すことに、協力してしまったということなんだ。それは、僕がこの手でハルシオンを殺したということ。僕の手が、ハルシオンが死んだシーンを描いたんだ——」

譫言《うわごと》のように細野は呟き続ける。

「だから、僕にそんな残酷なことをさせたあなたを殺してやりたかった」

「アシスタントなんていつでも辞めれば良かったんだ——」

諭すように、陣内は呟いた。

「駄目だ、そんなのは。そんな中途半端にアシスタントを辞めたら、ハルシオンの死が無駄になってしまう」

なにを言っても無駄だと陣内は思った。彼も、三橋と同じだった。ハルシオンの熱狂的なファンだった。

「あなたが死んだら、僕が『スニヴィライゼイション』の作者になれる。僕がハルシオンを蘇らせることができる。僕ほど完璧に陣内先生の絵のタッチを模倣できる人間なんて、どこにもいないんだ。なんなら、元々あの漫画は僕が描いてたってことにしてもいい。陣内龍二という極悪非道の男に、弱みを握られて、脅迫され、作品を奪われ、今までアシスタントの地位に甘んじていたと。そう嘘をついたって疑う者はだれもいないでしょう」

「細野。俺は、お前を、信頼していたのに――」

裏切られたという気持ちが、強かった。理不尽な想いが、こめかみから爪先まで下りてきて、体中を苛《さいな》んだ。

「僕が慕っていたのは『スニヴィライゼイション』であって、あなたじゃない。僕はあなたのアシスタントになって、あなたのテクニックをすべて盗んだ。あなたと寸分違《たが》わぬ絵が描けると言っても、決して自信過剰じゃないでしょう? 現に、僕がペンネームで『スニヴィライゼイション』の同人誌を作って発表したら、この作者は陣内先生本人じゃないかっていう噂がまことしやかに流れたほどだ――」

その言葉を聞いて、陣内の脳裏にある光景が――。

最近見かけた同人誌。

自分が描いたのではないかと見間違うばかりの作品だった。

吐き気がするほど正確に、自分の漫画のタッチを写している。

同人誌の著者名は〝高橋龍一〟。

本名かもしれないが、その可能性は薄い。まさかこんな漫画を本名で描く度胸のある奴はいない――。

「あの、高橋龍一は、お前だったのか」

細野は、不敵に微笑んだ。

「そうだよ、やっと気づいたのか？」

細野は、同人誌が好きだった。同人誌を描いている友達も沢山いた。千夏のことを知ったのも、細野が彼女の同人誌を仕事場で読んでいたからだ。そして細野は、千夏が『インターナル』の編集部に持ち込みをしたことも知っていた。彼がそんなに同人誌業界の内幕に通じているのも、実作者として活躍していたからだ。

細野は、ナイフを手にじりじりとこちらに歩み寄ってくる。カチカチと歯が鳴っていた。自分の歯の音だと一瞬思ったが、横にいる神崎だった。

神崎は陣内の腕にしがみついていた。

「大丈夫です」

そう細野にも聞こえるくらい大きな声で言った。

「神崎さんが予知したのは、僕の死だけです。あなたは死なない。だって神崎さんは神崎さん自身の死は予知しなかったんでしょう?」

その陣内の言葉に、神崎は蚊の鳴くような声でつぶやく。

「この能力について、分からないことが一つだけあります。それは、私が自分自身の死を予知できるのかどうかということ――」

細野は、叫んだ。

「僕が、予知してやるッ。あんた達は死ぬんだよ。こうなることは決まってたんだ。現在は過去の総和によって決定され、未来は現在の総和によって決定される。あんた達の運命なんて産まれて来た時から決まってるんだッ」

残り十分。

陣内は、言った。

「――神崎さん。逃げて、ください」

次の瞬間、陣内は踏み込み、細野のナイフを奪い取ろうとした。だが細野は怯むことなくナイフを振りかざす。すんでのところで陣内はかわす。更にナイフの一撃。刃先はまっすぐに顔面に向かってくる。思わず顔の上に手をかざし、身を引きナイフを避けた。掌に鋭い痛みが走り、鮮血が零《こぼ》れる。

二人が争う横を、神崎が通り過ぎ――ようとする。

すかさず細野は、手を伸ばした。神崎の髪の毛をつかむ。そしてそのまま彼女の身体を自分の方に引き寄せる。

「放してッ」

神崎がわめいた。

細野は神崎を背後から羽交い締めにする。

「この人から殺しても、いいんですよ」

そう細野は言った。

「――止めろ」

喉の奥から、かすれた声が絞り出される。

「陣内さん、逃げてッ。今のうちに早くッ」

細野は笑っていた。まるで、絶対的な力を持つ今の自分に酔いしれているかのようだった。

その笑みが、苦痛に歪んだ。神崎が細野の手を力をこめて噛んだのだ。だがそれでも細野は神崎の身体を放さない。

細野がナイフを振り上げた。その一瞬、彼の視線がこちらから逸《そ》れた。衝動的に、陣内は細野に飛びかかった。だが細野がナイフを振り下ろす方が早かった。神崎は悲鳴を上げ、右腕を顔の前にかかげた。情け容赦なくナイフの切っ先は神崎の右腕を切り裂いて行く。叫び声。滴る血。

陣内は細野の胸元に飛び掛かった。細野は後ろに仰《の》け反《ぞ》るが、倒れる寸前で体勢を持ち直した。そして怯むことなくナイフを突き出す。陣内は後ろに飛んで、後ずさりし、その攻撃を避ける。右から、上から、左から、ナイフの刃先が陣内を襲ってくる。陣内はじりじりと窓際に追い詰められる。

残り時間五分。

とっさに陣内は後ろ手で窓ガラスを開け、ベランダに後ろ向きの体勢のまま飛び降りる。細野が鬼の形相で迫ってくる。陣内は勢いをつけて窓を閉める。細野がナイフを振り上げる――。

ナイフを持った細野の手首が、窓のサッシに挟まれる。細野は苦痛の声を上げる。陣内は怯まず、二回三回と窓のサッシを細野の手首に打ち付ける。だが細野は、手に持ったナイフを決して放そうとはしない。

残り時間四分。

細野はサッシの隙間に右足首を突っ込んだ。そしてそのまま身体の全体重をかけて窓を押し開けてくる。

もう、もたない。ベランダの外に逃げよう。そう陣内は思った。ここは二階だ。飛び降りられない高さではない――。

陣内は窓枠から手を離し、ベランダの隅に駆け寄った。

ベランダから首を出し、見下ろした。

街路灯に照らされる、アスファルト――。深夜の歩道――。

その瞬間、陣内は思い出した。神崎の予言の内容を。

――あなたは歩道で殺されるの。

駄目だ。ここから逃げることはできない。

振り返る。

細野が突進してくる。

その数秒間。

まるでスローモーションのように。

右手がジャケットに触れる。

内ポケットに入れられた皮の手帳と水性ボールペンの感触。

迫ってくる細野の顔、ナイフの刃先。

とっさに内ポケットに手を差し入れる。

手帳とボールペンを取り出す。

手帳を細野の顔面に投げつける。細野はそれを手で払いのける。彼の注意が、こちらから一瞬だけ逸れる。

その隙に、満身の力を込めて、陣内はボールペンを細野の顔面に振り下ろす。

眼球がつぶれる音、そして絶叫。

それでも細野は、左目からボールペンを生やしたままナイフをあちらこちらに振り回している。だがそれを避けることは造作もないことだった。

形勢は今や完全に逆転していた。陣内は細野を思い切り突き飛ばした。ベランダの縁に身体が激突する。細野が呻く。陣内はとっさにしゃがみ込み、細野の足を摑んだ。

細野が抵抗しようと足をばたつかせた時、すでに陣内は細野の足首を自分の肩の高さまで持ち上げていた。そしてそのまま、細野の身体をベランダの外に突き出した。

細野の最後の呻き声が聞こえた。

そして地面に激突する音。

陣内は恐る恐るベランダから顔を出し、歩道を見下ろした。

細野は、うつぶせになって倒れていた。微動だにしない。ここからでも彼の身体から流れ出している大量の血が見て取れる。二階とはいえ、頭から落ちたのだ。受け身の体勢をとる暇もなかっただろう。

細野がアスファルトの地面とキスをする時に発した音がマンション中に響いたのか、あちらこちらの窓から住民達が顔をのぞかせ、口々になにかを喋っている。誰か倒れている。おい、救急車だ。救急車を呼べ。

自分の身体を確認した。掌以外はナイフで傷つけられている様子はない。

陣内は室内に戻った。うずくまっている神崎に近づく。彼女の右腕は血で真っ赤に染まっていた。

「神崎さん」

「大丈夫です――。かすり傷ですから」

そう、大丈夫です。神崎さん、もう終わりましたから――と陣内は言った。

「本当に、終わったんですか?」

陣内は神崎から身体を放し、立ち上がった。

壁の時計を見た。

残り四秒。

思わず、唾液を飲み込んだ。

――二秒。一秒。

午前零時を回った。

六月九日は、昨日になった。

思わず、陣内は叫んだ。

「やりましたよ、神崎さん。僕は、勝ったんだ――！」

安堵が体中を包み込んだ。充実感と幸福感が押し寄せた。未来は決まっていない。死ぬ思いで努力すれば、きっと変えることができるという事実を自分は今、知ったのだ。

里美の敵《かたき》をとったと、思った。

勿論、自分が生き延びた所で、里美が戻ってくる訳ではない。だが里美を死に追いやった運命という敵に、自分は勝ったんだ――。その事実だけで、今日から、また、生きていける。

そう、思った。

その瞬間、背中に衝撃を感じた。まるで真っ赤に焼けた鉄柱を背中に突き刺されたようだった。

どうして――。

細野はベランダから歩道に落ちた。三橋は手錠で両手両脚を拘束され、気絶している。

ゆっくり――本当にゆっくりと後ろを振り向いた。

そこには神崎がいた。

血が、一滴二滴と神崎の足下に落ちてゆく。

その血が、自分の身体からあふれているものだと気づくまでに、少しの時間を必要とした。

背中から――包丁が生えていた。

神崎が、今朝朝食を作るときに使っていた包丁だ。

その柄を、今彼女がしっかりと両手で握りしめている。

神崎の表情は、まるで別人のようだった。

無表情で、陣内に対する信頼の情など微塵も見せず、

――とても冷たく。

出会ってから今まで、自分に向けてくれた微笑みが、まるで嘘のようだった。

た？」

「分かった？」
そう氷のような表情で、神崎は言った。
「幸せの絶頂から、哀しみのどん底に突き落とされた気持ちが、あなたにも分かっ
その言葉と共に、神崎は背中に刺さった包丁を思いっきり突き上げた。絶望的な痛みが全身を駆けめぐった。苦痛と後悔がない交ぜになり、涙があふれて止まらなかった。

陣内は、床に無様に倒れ込んだ。その様を、神崎は射るような目で見下ろしている。

「どうして、どうしてあんたが――」

三橋でも細野でもなく、なぜ神崎が？

「それに、今日は、もう、六月九日じゃ、ないじゃないか――」

涙と苦痛が、言葉を途切れ途切れにさせる。

「別に、六月九日だろうと十日だろうと、歩道だろうと室内だろうと、あなたが死ぬ日時と場所なんてどうでも良かったのよ」

「あんたは予知能力が、あるんじゃないのか――。未来を見ることができるんじゃないのか――」

神崎は、陣内に顔を近づけ、言った。

「私に予知があろうとなかろうと、そんなことはどうでもいいことなの」

陣内は、神崎のその視線から、目をそらすことができなかった。

「問題なのは、あなたがそれを信じるかどうか、だから」

「――俺を、騙したのか？　あれはみんな、演技だったのか？」

彼女があの映画館での火災を予知した時に流した涙。一緒に運命に立ち向かおうと言ってくれた微笑み。それらはすべて――。

神崎は、微笑んだ。陣内を軽蔑し、蔑《さげす》むような笑みだった。

「言ったでしょう？　高校の頃、演劇部に入っていたって。大変だったのよ。あなたの前でずっと演技をするのも。あなたのファンに成り済ますために『スニヴィライゼイション』のグッズや、持ってない『インターナル』のバックナンバーを集めるのも、結構な投資だった」

分からなかった、なにもかもが。

神崎の言葉の意味が。なぜ彼女が自分を裏切ったのかが――。

「あんた、いったい、なんなんだ――」

絞り出すような声で、言った。

「分からない？」

神崎は無表情で問いかける。

「私が誰だか、分からない？」

――分からなかった。

陣内の表情を見て取った神崎は、おもむろに話し出した。表情が失せた、能面のごとき表情だった。

「僕が初めて女の子とつきあったのは、まだ大学に入学したての十九歳の時でした。その女の子が初めての相手でした。キスも、セックスも。友達は大抵、中学生でファーストキスを済ませ、高校生で童貞を捨てました。だからそういう友達と比べると、遅い方だったと思います。相手は、大学の同じクラスの女の子でした。線が細くて、気が弱くて、無口で――風が吹けば飛んで行ってしまいそうな、そんな女の子でした」

陣内は、目を見開いた。驚愕の眼差《まなざ》しで、神崎を見つめた。

――そうだ。

初めてこの部屋を訪れたあの日、神崎と昔どこかで会ったことのあるような気がした。

もしかしたら――。

彼女の葬式の時に、遺族の中に神崎の姿を見かけたのかもしれない。

「あんた、あいつの母親か」

神崎は、その陣内の言葉を聞いて、満足そうに笑った。

「そうよ。離婚して、旧姓に戻ったの」

神崎は顔を近づけた。視界いっぱいに彼女の顔貌が広がった。

「幸せの絶頂から、哀しみのどん底に突き落とされた気持ちが、あなたにも分かった？」

先程と同じ台詞を、彼女はもう一度言った。

陣内は回想する。

最後の思い出にしようと――。

銀座のフランス料理店で食事をとった――。

いつ言おう、いつ言おうと思案した――。

家の前についても、彼女はすぐに車を降りようとはしなかった――。

思い詰めた自分の表情を不審に思ったのか――。

彼女は、こちらを見た――。

不安げな、でもなにかを期待しているかのような顔だった——。

「あの夜、あの子はあなたから結婚を申し込まれると思っていたのに、あなたはそれを裏切ったのよ」

違う。特別な夜にしたのは、それを最後に、彼女と別れようと思ったからだ——。

「だから、彼女の、自殺の原因が、俺にあるというのか——」

「そうよ。あなたが、あの子を殺したのよ」

「そんなこと、俺の、知ったことじゃない——。彼女が、勝手に、期待したのが、いけないんじゃ、ない、か——」

過去の風景と、激痛がない交ぜになり、意識がどうにかなりそうだった。

「あなたはあの子に、あんなに酷いことをした。でもあの子はその仕打ちに耐えたの。あなたのことが好きだったから。いつか自分をパートナーとして迎えてくれると信じていたから——。なのにあなたはあの子を裏切ったのよ。あなたがあの子を殺したのよ」

「酷いことって、仕打ちって、一体、なんのことだ——」

分かっている。そんなことは分かっている。聞かなくたって、そんなことは、十分過ぎるほど、

——分かっている。

「あなたは、本当に酷《ひど》い人ね」

神崎は淀《よど》みない口調で話し出した。

「僕はそのころから漫画を描いていました。『スニヴィライゼイション』の原型です。彼女が最初の読者でした。彼女は無口でしたから、面白い、としか言わないんです。それが本心なのか、それとも僕を気づかって言ってくれているのかが分からず、当時の僕は困惑しました」

「——止《や》めろ」

「でも、彼女は一つのアドバイスをしてくれました。ヒロインがいない、ということです。魅力的なヒロインがいれば、あなたの漫画はもっと面白くなるのに、と彼女は言いました。そのアドバイスに従って、僕はハルシオンを描きました。今のハルシオンとは少し違います」

「——止めてくれ」

「その時のハルシオンは、髪型は短い黒髪で身長もそう高くありません。デビューする時に、編集者の意見などを参考にして、男性読者の目を意識してスタイルを良くしたんです」

「──お願いだ、もう」

許してくれ──。

陣内の瞳から、涙があふれて止まらなかった。痛みのせいか、それとも他のなにかのせいかは、分からなかった。

「良く、ぬけぬけとそんなことが言えたものね」

神崎は陣内を見下ろしている。自分を信頼してくれたあの時の彼女の面影は、微塵もなかった。復讐に燃える女の目だった。だがその神崎の顔貌は、相変わらず、五十前だとは思えないほど、若々しかった。

──私が若く見えるとしたら、それは多分夢中になれるものがあるからです。

その神崎の言葉が、脳裏にまざまざと蘇る。

夢中になれるもの。恋でも、ましてや『スニヴィライゼイション』でもなかった。

自分に対する復讐だったのだ。

「漫画を描いていたのは、あの子。ヒロインがいないとアドバイスしたのは、あなた。逆でしょう？　本当なのは、デビューするときに編集者の意見を参考にしたということだけ。あなたは、あの子の作品を盗作した。『スニヴィライゼイション』はもともとあの子が描いた漫画だったのよ」

今までずっと、意識して考えないようにしてきた、その事実。

「天井からぶら下がっているあの子の死体を発見したのは私だった。遺書を見つけたのも――。そこにはすべてが書かれていた。自分の作品を盗作され、しかも別れ話を持ち出されて、ハルシオンの設定も勝手に変えられたと。私はその遺書を、自分だけの胸にしまっておいた。酷い人ね、あなたは。散々あの子を玩《もてあそ》んで――」

玩んでなんかいない。悪気はなかった。仕方のないことだったのだ。まさかその漫画でデビューし、そしてベストセラーになるなんて、その時は想像すらしていなかった。彼女を想う気持ちが、少しずつなくなって行くことさえも――。

神崎は、言った。

「あなたのご両親――幸せな人ね」

――正直言って、そういうのって、ちょっと重荷ですけどね。僕の単行本が出るたびに母親が何冊も買って親戚や近所に配ってるんです。実家に帰る度、サインしろサインしろってせがんできて。

――親っていうものは、そういうものなんですよ。

――私も、陣内さんのお母様が羨ましいです。

――こんな立派な息子さんをお持ちになって。

「本当だったら、私が『スニヴィライゼイション』の作者の母親になるはずだったのに。あの子が自殺して、それがきっかけで、夫とも別れて――。あの夜、あの子が感じた絶望を、あなたにも味わわせてやりたかった――」

あの、車内での彼女の表情が、脳裏にまざまざと蘇る。

「期待を裏切られる気持ちを、あなたにも味わわせたかった。幸せの高みから、絶望の極致まで一気に叩き落とされる気持ちを――」

神崎の予知は百発百中だと思っていた。初めこそ半信半疑だったが、三橋がこの部屋に現れた時、自分はもう死ぬんだと、疑いもなく思った。だから、三橋にも、細野にも殺されず、六月九日を乗り越えたその時、自分は歓喜に打ち震えた。

その瞬間、包丁で刺された。信頼しきっていた、神崎に――。

歓喜から絶望へと、一気に叩き付けられる、その筆舌に尽くしがたい苦痛。

まさか、そのためだけに――？

「だから、私の予知能力をあなたに信用させる必要があったの」

自分が神崎の『能力』を心から信じるように、彼女は仕向けたというのか？

「でも、どうして、細野と三橋が、今日、俺を襲撃するって、分かったん、だ――」

神崎は微笑んだ。勝ち誇った笑みだった。

「そんなの、分かるはずがないじゃない。ただの偶然よ」

「でも、六月九日に、俺が殺されると、あんたは、言った。実際、三橋はその日に、俺を、殺しにきた——」

「陣内さん、一つ忘れているんじゃない？　あの映画館の火災が起こった時、私はあなたに対して死ぬなんて一言も言っていない。ただ、それを匂わせる不安げな素振りをしただけ。あなたを殺すタイミングが計れなかったら、また次の機会にすればいいと思った。でも、三橋が六月九日にあなたを殺すと予告し、それをあなたは私に話した。だから私も六月九日にあなたが死ぬと言ったのよ。実際に三橋が、あなたを六月九日に殺せるかどうかなんて問題じゃない。私が六月九日以降にあなたを殺すことが重要なんだから。だから私は、あなたが六月九日に死なないように注意を払うだけで良かったの。だけど、あの細野という人もあなたに殺意を抱いていたのは計算外だった。だから私も必死だった。あの人に予言通りにあなたを殺されてしまったら、計画は水の泡になってしまうから。だけど、あなたはあの人をやっつけた。ありがとうね、陣内さん。私の計画に協力してくれて」

　絶望、裏切られたという気持ち——。そんな言葉では表現できないほど、陣内の心の中には、茫漠とした灰色の砂漠が広がっていた。

神崎の娘も、自殺する直前、こんな想いを抱えていたのだろうか。

「あの、スクラップブックは、どうなるんだ――。あんたは、本当に、あんなインタビューを受けたのか――?」

神崎と初めて対面した時、彼女に見せられたスクラップブック。神崎が予知したという、数々の事件事故の新聞記事。そして彼女が受けたという、オカルト雑誌のインタビュー記事――。

「あの子が自殺してしばらく経った時、あの子の部屋を整理していた時に、見つけたの。あのオカルト雑誌を。あの子が、ああいう類《たぐい》の雑誌を読んでいたなんて、私は全然知らなかった。何気なく雑誌のページをぱらぱらとめくった。その雑誌は一カ所、ページの隅が折られていた。多分、あの子が折ったんだと思う――。そのページに、あのインタビュー記事が掲載されていたの」

「――まさか」

彼女――陣内の初めての恋人、神崎の娘こそ、本物の予知能力者だったのか?

だが、そんな陣内の気持ちを悟ったかのように神崎は、

「違うわ。あの子の友達が溺死した事故なんて、私は知らない。それに、その事故を娘が予知したせいで引っ越したなんてこともない」

「じゃあ」

どうして、彼女はそんな雑誌を。

「知らないわ。大方漫画の資料にでもするつもりだったんでしょう」

そうかもしれない。でも——。

「私はその雑誌を読んだ時に、今回の計画の一部始終を思いついたの。スクラップブックを買い、雑誌から切り抜いた予知能力者のインタビュー記事を貼り付けた。それから私は毎日、新聞に隅から隅まで目を通して、その予知能力の記事に対応するような事件事故のニュースを探し続けた。毎日この国ではなにかしらの事件事故が起こっているから、一年もあれば、適当な三つの新聞記事を集めることができた」

民家に強盗か——家族三名死亡——。

またも海での事故——。

トラックに轢《ひ》かれ大学生死亡——。

「もちろん、新聞を切り抜くときに、年代が分かる部分は記事本文に含まれないように注意した。直射日光に長い間さらして、わざと紙の劣化を早まらせ、何年も昔の記事のように見せかけるのも忘れなかった。別に科学的な検査をされる訳じゃない。あなたに一回見せて信じさせるだけだから、そんな小細工でも十分だった。それから、その四つの記事だけでは不審に思われるから、適当に選び出した沢山の事件事故の記事を貼り付けて、スクラップブックのページ数を埋め尽くした。勿論、あなたの婚約者の交通事故を報じる記事も——」

なんという愚か者だろう、自分は。神崎の思惑通りに動いていたのに、彼女のことを、疑いもせず——。

「スクラップブックは、それで説明がつくかも、しれない。でも、あんたは、あの、三つの事故を、一体、どうやって予知したんだ——」

神崎は陣内をただ見下ろしている。

「里美と、西園寺の、死を知らせる手紙は、分かる。封筒の消印が、事故以前の日付になっていることは、前に、担当の、立花が説明した、あの方法で説明がつく。でも、あの映画館で火事が起きることを、どうして、あんたは、知っていたんだ。いったい、どんなトリックを——」

神崎は座り込んだ。そして陣内の背中に突き刺さっている包丁を引き抜いた。陣内は絶叫した。鮮血がほとばしった。神崎は情け容赦なく、陣内の身体をめった刺しにする。絶叫と、真っ赤な血が、陣内の身体からほとばしる。それでも、まだ、陣内は生きていた。

神崎は立ち上がり、冷たい目で陣内を見下ろして、こう言った。

「トリックなんて、どこにもないのよ」

神崎は陣内に背中を向けた。そしてそのままリビングを出ていった。

陣内は這《は》うようにして、神崎の後を追った。

外に出て、助けを求めなければと思った。

初めてこの部屋を訪れた時に神崎に案内された、和室の前を通りかかった。扉は開かれている。そこから見える奥のふすまも。その部屋は陣内の漫画のコレクションルームだった。

彼女は『スニヴィライゼイション』の熱狂的なファンだと言っていた。だがそんなのは大嘘だったのだ。沢山のキャラクターグッズを集めていたのは、自分に対してファンだと信じ込ませるためだけだったのだ。

渾身《こんしん》の力を込めて、立ち上がった。そして居間を通り過ぎ、痛みに意識が朦朧《もうろう》としながらも陣内は、その部屋の中に入って行った。

『スニヴィライゼイション』のポスター。ハルシオンの抱き枕。それらのグッズを集めるために使っていたパソコン。そして——。

壁一面を占めているスチール製の本棚。その一段は『スニヴィライゼイション』全巻が鎮座している。その他の段は、ムックなどの『スニヴィライゼイション』関連書が占めている。残った段は、すべて『スニヴィライゼイション』が掲載してある『インターナル』が納められていた。

彼女のアイデアを盗んで描き上げた漫画、自分を高所得者たらしめた漫画、そして、こんなことに巻き込まれるきっかけとなった漫画——。

陣内は、拳《こぶし》を振り上げ、本棚に並べられたそれらの漫画本を床に叩き落とした。宙を、漫画のページと鮮血が飛び散った。

痛みと絶望に啜り泣きながら陣内は床に跪《ひざまず》いた。

スチール製の本棚は、本を二冊、後ろと手前に置けるほど奥行きがあった。以前は一番手前に陣内の漫画本が並べられていたので、後ろになんの本があるのかは分からなかった。

でも、今では——。

陣内は、本棚の奥を覗き込んだ。

薄ぼんやりと本の題名が見えた。

『自動四輪車のメカニズム』

『殺人術』
『テロリズムの手段』
『あのホテル火災はなぜ起こったのか』
『旅客機墜落』

その隣には、薄い冊子が並べられている。市販されているような本でなかった。まるで同人誌のような——。
震える手を伸ばし、鷲掴みにして本棚から出した。表紙に躍るその書名をまじまじと見つめた。

『小包爆弾の製造方法』
『誰にでも作れる水爆』
『実録・連合赤軍』
『公安内部文書』
『ゲリラ兵士のための戦術』
『破壊兵器完全マニュアル』

『有毒化学兵器作製術』

同じような本や冊子は、これ以外にも沢山本棚に並んでいる。背筋が凍り付いた。不安が爪先から頭のてっぺんまで駆け上った。今、体中を苛んでいる痛みなど、この不安に比べたら、まったく微々たるものだった。

トリックなんて、どこにもないのよ。

「――そうよ」

背後に神崎がいた。

だが振り返る心の余裕などなかった。

「サイン会で、初めてあなたの婚約者を見かけたの。私は彼女の後をつけた。彼女の家がどこにあるのか知ることができた。どんな車に乗っているのかも。だから、その車にちょっとした細工を――。確実な方法ではなかった。だから、私は、あの手紙に〝交通事故で亡くなるでしょう〟とは書かなかった。〝交通事故にあうでしょう〟という曖昧《あいまい》な表現しかできなかった。もし死ななかったら、能力の条件に若干の修正を加えようと思った。例えば、確実に予知できるのはその事故だけで、被害の詳細は分からない、というふうにね。でも、運良く彼女が死んでくれたので、よけいな小細工をする必要はなくなった」

里美は事故を起こしたことなど一度も——。

「あの西園寺さんもそう。あの人、私に気があったみたいだから。屋上に呼び出したの。あの人は少し酔っていた。臆病で、アルコールの力を借りなければ、異性を誘うこともできないのよ。酔って、しかも足が悪い西園寺さんを屋上から突き落とすことなんて、女の私にだって造作もないことだった」

右足を引きずる西園寺と階段の踊り場ですれ違った——。

「私があの映画館に良く通っていたことは話したでしょう？　安全性を欠いた建造物であることにはすぐに気づいた。あなたの担当編集者の立花さんが、あんな変なことを言い出して、あなたがそれを信じそうになるから——。私は急になにかの予言を演出しなければならなくなった。あの日は偶然にも、映画館の前には沢山のお客さんが並んでいた。だから私は映画館で多くの死傷者が出る予言をすることにした。テロまがいのことをするのは初めてだったけど、自信はあった。人がいればいるほどパニックになりやすいから、私は火事の最初のきっかけを作るだけで——」

陣内は絶叫した。

薄れゆく意識の中、彼は思った。

民家に強盗か――家族三名死亡――。

またも海での事故――。

トラックに轢かれ大学生死亡――。

あのスクラップブックに貼られていた三つの新聞記事。

神崎は、あの予知能力者のインタビューに対応する記事が新聞紙面に登場するまで待っていたと語った。だが彼女がそんな悠長なことをするだろうか？　もしかしたら、その三つの事件も神崎が仕組んで――。それらの事件を報じる新聞記事を作り出す、ただそれだけのために――。

喉元に冷たい金属の感触。だがそれに気をとめる余裕などない。既に正気を失っていたからだ。

神崎が包丁を水平に引いた。視界が真っ赤に染まり、絶叫が途切れ、数秒後、陣内は息絶えた。

「里美」

「里美」

「里美」

その自分の名を呼びつづける陣内の声で、彼女は我に返った。

新築の白い壁に飾られているゴーギャンの複製画。並べられた二人の靴。二人の新居。その玄関――。

「里美――どうしたんだ」

気が付くと、陣内が自分の顔を覗き込んでいた。心配の中にも無邪気さが潜んでいる。まるで、なにも知らない子供のような、あどけない表情だった。

里美は、その陣内の顔を見返した。その瞳に映り込んでいる自分の姿まで、しっかりと見据えた。

陣内。彼はなにも知らない。恋人がこんな能力を持っていることを。そして、これから自分が辿《たど》る運命を――。

「龍二さん」

里美は、呟いた。

何日間にも感じた。これから陣内龍二が感じる、痛みが、苦しみが、哀しみが、里美の中になだれ込んできた。だが、それも、里美を外側から見ている陣内にとってはほんの一瞬に過ぎなかった。ほとんど時間が経っていないことが、信じられなかった。でも、それが彼女の能力なのだ。

決して、彼は自分の内面を覗き見ることなどできない。あの物語を彼に体感させることなど、不可能だった。

た。

「里美」

ただ呆然と黙って立ちつくす彼女に不安を抱いたのか、陣内は怖ず怖ずとした様子で手を差し伸べた。なにかを持っている。彼の手の中で、きらりと光った。

「これ――忘れ物」

車の、キーだった。早く家を出ることが出来るように、里美は身支度をすべて済ませて朝食を作っていた。バッグの中から車のキーを探す手間を省くために、前もってテーブルに置いておいたのだ。そのことを――忘れていた。

里美は陣内からキーを受け取った。そして静かに首を振った。なにも言葉は出てこなかった。ただ逃げるように彼に背を向け、その場を後にした。

玄関の外の世界は、彼女が予知したあの光景と同じようにリアルだった。今の彼女の気分とは正反対に、外は晴れ渡っていた。降り注ぐ太陽とそよ風は、残酷なほど心地よかった。この世界で、これから、自分は死に、陣内も死んで行くのだ。

光のように、波のように、物語が里美の中に流れ込み、そして消えて行った。陣内を殺害しようと企む三橋という熱狂的なファン。彼から陣内を守ろうとした神崎という自称予知能力者の女――。

　陣内は、三橋に殺されると心から信じ込んでいた。だから、三橋が陣内に殺意を抱くようになった経緯まで、陣内が死に至るまでの映像に入り交じって里美には見えた。細野や神崎が自分に対して殺意を抱いているなどとは、死ぬ当日まで彼は考えなかった。だから、細野や神崎の主観の映像が、里美に見えることがなかった――。それは里美が生まれた時からこの能力に付き合い、自分なりに整理した法則だった。

　神崎の能力は狂言だった。彼女の予言は、単なる殺害予告に過ぎなかったのだ。陣内を怯えさせ、日に日に精神を衰弱させ、己の運命と闘わせ、そして勝ったと思わせた途端、敗北の極致へと落とし込む――そんな残酷すぎる復讐のために、彼女は予知能力者を名乗っていた。

　里美は――思い出す。

『予知能力者は実在する？』

　忘れもしない、その記事。

　高校時代、大切だった女友達。彼女の死を、里美は予知した。海で、彼女は溺れ死ぬのだ。里美は彼女を海水浴に行かせまいと説得した。だが彼女は、里美の制止を振り切って海に出かけた。里美が持っている予知能力など端《はな》から笑い飛ばして。そして、死んだ。それから仲間内での里美の評判は酷いものになった。皆、まるで里美が彼女を殺したかのような言い方をした。友達は、一人二人と里美の元を去って行った。

そんな折り、どこからか噂を聞きつけた彼らのインタビューを、里美は受けた。いつもの里美だったら、そんなインタビューの依頼など断っただろう。この特異な能力をひけらかすことなど、今まで考えもしなかったことだ。だが予知が的中し、大切な友達を救うことができなかった。そしてこの能力も、いかがわしいものとして友人達の知る所になってしまった。もう隠す意味はない。そんなことを考えたのかもしれない。きっと、当時の自分は、己が予知した未来は決して変えられないということを思い知らされ、自暴自棄になっていたのだと思う。

その里美のインタビュー記事が掲載された雑誌を、神崎の娘は持っていた。娘の死後、それを読んだ神崎が、あの陣内に対する復讐の着想を得た――。

里美は、予知した陣内のあの言葉を思い出す。彼と神崎との会話。陣内が、死なせてしまったと自責の念に駆られている、昔の恋人の話の後半部分だ。

――それから一週間ほど、彼女から電話や手紙が頻繁に届くようになりました。里美のことをどこからか聞きつけたんでしょう。大半は、里美に対する誹謗中傷でした。あの女は悪魔の娘だ、あんな女とつきあうときっとあなたは不幸になる――。

きっと、その陣内の前の恋人――神崎の娘は、里美の過去を知ったのだ。陣内と彼女は大学の同級生ということだから、共通の友達も多くいたはずだ。その友達にコンタクトを取れば、陣内に新たな恋人ができたことは容易に彼女の知る所となっただろう。

里美が高校生まで暮らしていた生まれ故郷では、自分の噂は近所中の知るところとなっていた。だから里美の家族は逃げるようにその街を去ったのだ。当時、あのインタビュー記事が掲載された雑誌が世に出ることは、両親も、その街の友人達も知らなかった。誰にも言わなかったからだ。

今はどうだろう。両親は知らないかもしれない。でも、あの街に、里美のインタビュー記事を読んだ人達がまったくいないとは言い切れない。いくらマニア向けと言っても、街の小さな書店でも売られている月刊誌なのだ。もしそうなれば、更に噂は広まるだろう。そしてその街を、神崎の娘が訪れたとしたら?

その時、玄関のドアが開く音がした。そこに陣内の気配を、感じた。

「里美」

背後から、彼の声が聞こえた。

里美は、ゆっくりと振り返った。

里美を追い、外に出てきた陣内が、そこにいた。なにも知らない面持ちで、里美を見つめていた。

唐突に、里美は言った。その彼の表情が言わせた言葉だった。

「龍二さん。あなたは漫画家の才能あるよね?」

その言葉を聞いた陣内は、怪訝《けげん》そうな表情を浮かべた。

「どうして、今、そんなことを聞くんだよ」

里美は無理に笑顔を作り、陣内の質問に答えた。

「別に——なんとなく」

彼は微笑んだ。そして、言った。

「ああ、俺には才能あるぞ。里美が一番、そのことを分かっているだろ？」

「うん、そうだね」

そうだ――。確かに最初は盗作だったかもしれない。でも、彼は『スニヴィライゼイション』を人気漫画に育てあげたのだ。神崎の娘が描いた漫画は『スニヴィライゼイション』の原型のモチーフだけ。彼女が仮にそのアイデアでデビューしたところで、陣内の漫画のようにヒットするかどうかは分からないだろう。

そう。彼には才能があるのだ。最初のアイデアを盗んだというだけで、ほかの全《すべ》てを否定できはしないのだ。

「龍二さん」

「うん？」

「もう、大丈夫だよ」

里美は自分に言い聞かすかのように、言った。

「私は、大丈夫だから」

「そう――」

里美は、頷いた。

「うん。じゃあ、さよなら」

陣内は、軽く手をあげ、優しく微笑んでそう言った。

一時の別れだと思っているのだ——。

明日になれば、また会えると。

しかし里美も、微笑み返して、言った。

「さよなら」

これは一時の別れなのだ。

陣内は、微笑みを浮かべたまま玄関のドアを閉めた。陣内の姿は、里美の視界から消えた。彼の笑顔が、名残惜しかった。もう一度、あのドアを開け、彼に会いに行こうか——。だが、里美は頭に浮かんだそんな考えを、すぐに打ち消す。

明日になれば、また会えるのだ。

予知した未来の中の陣内は、予言された己の死に立ち向かおうとしていた。戦い、打ち勝とうとした。結果的に、それは叶《かな》わなかったとしても——。

今の自分も、予知の中の陣内と同じだ。

決定された未来、こわすことのできない運命。そんなものはもうまっぴらだ。

今まで、自分は沢山の人々の死を見てきた。そしてその度、彼らを救おうと努力してきた――。だがすべて失敗に終わった。それもきっと、絶対に未来は変えることができないものだという、諦めにも似た思いが、自分の心の中に巣くっていたからだ。

でも、今は違う。

未来は決まっていない。明日は自由だ。たとえ、予《あらかじ》めストーリーが組まれていたって、そんなものは、こわして、また新しく作りあげればいい。まだ存在していない未来の粗筋《あらすじ》なんて、こわれもののガラス細工のように、もろいもののはずだから。

里美は、車のボンネットに手を置き、バッグから携帯電話を取り出した。そして、これから自分が取るべき行動について考えていた。

INSPIRED BY

Orbital
『Yellow Album』(1991)
『Brown Album』(1993)
『Snivilisation』(1994)
『In Sides』(1996)
『The Middle Of Nowhere』(1999)
『The Altogether』(2001)

解　説

福井健太

癖の強さで熱心なファンを率いてきた作家が、独自性とポピュラリティを融合させ、個性派の人気作家に転じることがある。浦賀和宏はまさにそんな存在だった。

改めて筆歴を辿《たど》ってみよう。浦賀和宏は一九七八年神奈川県生まれ。九八年に『記憶の果て』で第五回メフィスト賞を受けてデビュー。同書には京極夏彦の「浦賀和宏と云う若い作家は、作法を創るべく模索している。その仕事は、新しい小説を求める者に、多くの示唆を与えてくれる筈である」「紡がれたテキストは、ミステリだとかSFだとかいう既存の枠組みに与《くみ》することを嫌っているかのようである。それでいて、多くのジャンルの新たな可能性を悉《ことごと》く内包してもいる。均等な距離感に基づく世界観を以《もっ》て築かれた物語は、読む者の偏差を明確に自覚させてくれるだろう」「本書は、先行作品に対する敬意ある挑発である」という推薦文が付されていた。

京極が指摘した通り、著者はスタイルに囚《とら》われない小説を生んでいく。デビュー作に始まる〈安藤直樹〉シリーズは〝笑わない名探偵〟安藤直樹が登場するミステリだが、その世界観はＳＦの奇想を許容するものだった。同シリーズが全七冊で完結する二〇〇三年までに、著者は六冊のノンシリーズ長篇も手掛けている。密室の推理劇『眠りの牢獄』、大胆な騙しが仕込まれた『彼女は存在しない』、死の予言にまつわるサスペンス『こわれもの』、楽屋ネタの色合いが強い『浦賀和宏殺人事件』、青春ミステリの体裁と珍妙なオチを繋《つな》げた『地球平面委員会』、死人の記憶が見える少女を描く『ファントムの夜明け』といった作品群を通じて、奇抜なアイデアの使い手というイメージを確立したのである。

多彩な物語を世に出した後、著者は〇五年から〇八年まで〈松浦純菜・八木剛士〉シリーズに専念している。これは鬱屈《うっくつ》した高校生・八木剛士と理解者の少女・松浦純菜を中心として、連続殺人や歪んだ愛情を描く全九冊のディープなドラマだった。次に書かれた『萩原重化学工業連続殺人事件』は、死体の脳を奪う猟奇犯罪をめぐる本格ミステリだ。同作の「あとがきのあとがき」（『講談社ＢＯＯＫ倶楽部』掲載）において、著者は「よく、お前は何で自分の作風を確立しないでフラフラといろんな小説を書くんだ、と訊《き》かれますが、それは僕の創作活動に深い影響を与えたYMOと坂本龍一のせいだと答えてお茶を濁しています」と記していた。そして〈萩原重化学工業〉シリーズを「安藤シリーズ・シーズン2」としたうえで「シーズン2は暫く続く予定ですが、その後のプランは実はまったく立っていません。YMOはそのまま散開してしまったからです。浦賀和宏という作家も散開してしまうのでしょうか。その方が何となく綺麗な感じもするのですが」と結んでいる。そんな閉塞感を映すように、続篇『女王暗殺』を書いた後、著者はしばらく沈黙することになる。

しかしここで転機が訪れた。〇三年に文庫化されていた『彼女は存在しない』が一二年に注目を浴び、二十万部を超えるベストセラーを記録したのである。著者は一三年に三年ぶりの新作『彼女の血が溶けてゆく』を発表し、フリーライター・桑原銀次郎のシリーズを立ち上げた。この時期にはラディカルな恋愛譚『姫君よ、殺戮の海を渡れ』、高校の文芸部員たちが殺される『究極の純愛小説を、君に』、二つのプロットを並置した『ふたりの果て／ハーフウェイ・ハウスの殺人』も書かれている。

全四冊の〈桑原銀次郎〉シリーズが完結した後には、終戦直後の女子高生が殺人容疑者の恋人を追う『緋い猫』、パラレルワールドがモチーフの『ｉｆの悲劇』、女流ミステリ作家が友人の恋人を探る『Mの女』などが上梓された。電子書籍（幻冬舎plus+）で販売された「メタモルフォーゼの女　スミレ色の手紙」「メタモルフォーゼの女2　生まれなかった子供たち」「メタモルフォーゼの女3　月の裏文明委員会」に書き下ろしの表題作を加えた『十五年目の復讐』は、著者の唯一の短篇集でもある。『カインの子どもたち』は死刑囚の孫たちが冤罪《えんざい》を晴らそうとする話だった。

先述した『浦賀和宏殺人事件』をはじめとして、著者には〝推理作家・浦賀和宏〟を被害者にした作品がいくつもある。『デルタの悲劇』は浦賀和宏の遺作『デルタの悲劇』を作中作にしたトリッキーな長篇ミステリだが、同作が刊行された二ヶ月後――二〇年二月二十五日、現実世界の著者は脳出血で逝去した。享年四十一。本名が『究極の純愛小説を、君に』の主人公と同じ（八木剛士にも通じる）八木剛と知って驚いたファンも多いだろう。

リアリティに縛られない設定、エッジの利いた奇想と逆転劇、ディープな内省描写や自己言及、近親相姦やカニバリズムなどの禁忌――そんなアグレッシヴな要素を大胆に盛り込み、物語に活かす胆力こそが著者の持ち味だった。近年はいっそう作風を広げていただけに、早すぎる死が惜しまれてならない。

一二年に『彼女は存在しない』が再評価された流れを受けて、一三年には『これもの』が文庫化されていた。本書はその新装版である。

婚約者の桑原里美を事故で失った漫画家・陣内龍二は、彼女をモデルにした『スニヴィライゼイション』のヒロイン・ハルシオンを唐突に死なせ、読者の激しい批難を浴びていた。四月二十五日消印の「四月二十七日、桑原里美さんが、交通事故にあうでしょう」という手紙を目にした陣内は、差出人・神崎美佐のマンションを訪れる。陣内のファンだという神崎は他人の死を予知できるらしい。

ハルシオンを溺愛するフリーターの三橋光一は、陣内のアシスタントになった恋人・石崎千夏から状況を聞き、ハルシオンを復活させるために作者を殺すことを思い立つ。いっぽう陣内は〝新たな予知が的中した〟と主張する神崎に逢い、次は映画館で大惨事が起きるという予言を告げられていた。

おたくの憎悪を一身に受ける漫画家を主役として、予知能力の謎と殺人計画で読者を牽引する――本作はそんなサスペンスだ。登場人物の少ないプロットだからこそ、終盤の畳み掛けるような逆転劇はすこぶる心地好い。淡々と記された伏線が結び付き、クライマックスで黒幕が明かされる構成は（浦賀作品にしては）オーソドックスとも言えるが、おたく批判やネガティヴな独白、サプライズ重視の演出などは著者らしさを感じさせる。歪んだ愛と狂気を軸に据え、リーダビリティの高いエンタテインメントに徹した一冊なのである。

ちなみに浦賀作品には電子音楽へのオマージュが頻出するが、本書の巻末にはイギリスのテクノユニット・オービタルの名前が挙げられている。『スニヴィライゼイション』はオービタルの三枚目のアルバム“Snivilisation”から採ったものだろう。語弊を恐れずに言えば、本作はもてなしの良い浦賀ワールド入門篇でもある。著者のセンスが気に入った方には、作家性がよりダイレクトに反映されたテキスト——世界や自我にまつわる奇想、トリッキーな叙述、どす黒い心理描写、自己言及ネタなどが横溢する作品群にも触れていただきたい。

最後に著作リストを載せておこう。#は〈安藤直樹〉シリーズ、＊は〈八木剛士・松浦純菜〉シリーズ、†は〈萩原重化学工業〉シリーズ、☆は〈桑原銀次郎〉シリーズ、★は〈Mの女〉シリーズ。カバーに英題があるものはタイトルの下に付した。未収録短篇に〈獣〉シリーズの「ポケットに君とアメリカをつめて」「あなたとここにいるということ」「リゲル」と「PK」「三大欲求」がある。「三大欲求」を改稿した「三大欲求（無修正版）」は『ミステリ魂。校歌斉唱！ メフィスト学園』（講談社ノベルス）に収録された。

『記憶の果て』THE END OF MEMORY 講談社ノベルス（九八）↓講談社文庫（〇二）↓講談社文庫（上下巻／一四）

『時の鳥籠』THE ENDLESS RETURNING 講談社ノベルス（九八）↓講談社文庫（上下巻／一四）

『頭蓋骨の中の楽園』LOCKED PARADISE 講談社ノベルス（九九）↓講談社文庫（上下巻／一四）

『とらわれびと』ASYLUM 講談社ノベルス（九九）

『記号を喰う魔女』FOOD CHAIN 講談社ノベルス（〇〇）

『眠りの牢獄』講談社ノベルス（〇一）↓講談社文庫（一三）

『彼女は存在しない』She is not there……… 幻冬舎（〇一）↓幻冬舎文庫（〇三）

＃『学園祭の悪魔』ALL IS FULL OF MURDER　講談社ノベルス（〇二）
『こわれもの』FRAGILE　トクマ・ノベルズ（〇二）→徳間文庫（一三）→徳間文庫新装版（二〇）※本書
『浦賀和宏殺人事件』講談社ノベルス（〇二）
『地球平面委員会』flat earth project　幻冬舎文庫（〇二）
『ファントムの夜明け』DAWN OF THE PHANTOM　幻冬舎（〇二）→幻冬舎文庫（〇五）
＃『透明人間』UBIQUITY　講談社ノベルス（〇三）
＊『松浦純菜の静かな世界』matsuura junna no shizukana sekai　講談社ノベルス（〇五）
＊『火事と密室と、雨男のものがたり』In The Wake Of Poseidon　講談社ノベルス（〇五）
＊『上手なミステリの書き方教えます』CURE　講談社ノベルス（〇六）
＊『八木剛士　史上最大の事件』Towards Zero　講談社ノベルス（〇六）
＊『さよなら純菜　そして、不死の怪物』Takeshi Strikes Back　講談社ノベルス

（〇六）

＊『世界でいちばん醜い子供』Hymn For The Children　講談社ノベルス（〇七）

＊『堕ちた天使と金色の悪魔』Another Green World　講談社ノベルス（〇七）

＊『地球人類最後の事件』The Beginning of The End　講談社ノベルス（〇八）

＊『生まれ来る子供たちのために』But,we are not a mistake　講談社ノベルス（〇八）

†『萩原重化学工業連続殺人事件』Knockin' on Heaven's Door　講談社ノベルス（〇九）↓『ＨＥＡＶＥＮ　萩原重化学工業連続殺人事件』幻冬舎文庫（一八）

†『女王暗殺』ORDINARY WORLD SPECIAL WORLD　講談社ノベルス（一〇）

↓『ＨＥＬＬ　女王暗殺』幻冬舎文庫（一八）

☆『彼女の血が溶けてゆく』幻冬舎文庫（一三）

☆『彼女のため生まれた』幻冬舎文庫（一三）

☆『彼女の倖せを祈れない』幻冬舎文庫（一四）

『姫君よ、殺戮の海を渡れ』幻冬舎文庫（一四）

『究極の純愛小説を、君に』徳間文庫（一五）

『ふたりの果て／ハーフウェイ・ハウスの殺人』祥伝社（一五）→『ハーフウェイ・ハウスの殺人』祥伝社文庫（一八）

☆『彼女が灰になる日まで』幻冬舎文庫（一五）

『緋い猫』祥伝社文庫（一六）

『ｉｆの悲劇』角川文庫（一七）

★『Ｍの女』幻冬舎文庫（一七）

★『十五年目の復讐』幻冬舎文庫（一八）　※短篇集

『カインの子どもたち』実業之日本社文庫（一九）

『デルタの悲劇』角川文庫（一九）

『殺人都市川崎』ハルキ文庫（二〇）

本書は２０１３年５月徳間文庫として刊行されたものの新装版です。なお、本作品はフィクションであり実在の個人・団体などとは一切関係がありません。

本書のコピー、スキャン、デジタル化等の無断複製は著作権法上での例外を除き禁じられています。本書を代行業者等の第三者に依頼してスキャンやデジタル化することは、たとえ個人や家庭内での利用であっても著作権法上一切認められておりません。

徳間文庫

こわれもの

〈新装版〉

© Kazuhiro Uraga 2020

2020年6月15日 初刷

著者 浦《うら》賀《が》和《かず》宏《ひろ》

発行者 小宮英行

発行所 株式会社徳間書店

東京都品川区上大崎三―一―一 目黒セントラルスクエア 〒141―8202

電話 編集〇三(五四〇三)四三四九 販売〇四九(二九三)五五二一

振替 〇〇一四〇―〇―四四三九二

印刷 製本 大日本印刷株式会社

ISBN978-4-19-894563-3 (乱丁、落丁本はお取りかえいたします)

徳間文庫の好評既刊

乾 くるみ

クラリネット症候群

ドレミ…の音が聞こえない？　巨乳で童顔、憧れの先輩であるエリちゃんの前でクラリネットが壊れた直後から、僕の耳はおかしくなった。しかも怪事件に巻き込まれ…。僕とエリちゃんの恋、そして事件の行方は？　『イニシエーション・ラブ』『リピート』で大ブレイクの著者が贈る、待望の書下し作が登場！　著者ならではの思いがけない展開に驚愕せよ。

徳間文庫の好評既刊

乾　くるみ

蒼林堂古書店へようこそ

　書評家の林雅賀《はやしまさよし》が店長の蒼林堂古書店は、ミステリファンのパラダイス。バツイチの大《おお》村龍雄《むらたつお》、高校生の柴田五葉《しばたごよう》、小学校教師の茅原《ちはら》しのぶ――いつもの面々が日曜になるとこの店にやってきて、ささやかな謎解きを楽しんでいく。かたわらには珈琲《コーヒー》と猫、至福の十四か月が過ぎたとき……。乾くるみがかつてなく優しい筆致で描くピュアハート・ミステリ。

徳間文庫の好評既刊

真梨幸子

殺人鬼フジコの衝動

一家惨殺事件のただひとりの生き残りとして新たな人生を歩み始めた十一歳の少女。だが彼女の人生はいつしか狂い始めた。「人生は、薔薇《ばら》色のお菓子のよう」。呟きながら、またひとり彼女は殺す。何がいたいけな少女を伝説の殺人鬼にしてしまったのか？　精緻に織り上げられた謎のタペストリ。最後の一行を読んだ時、あなたは著者が仕掛けたたくらみに戦慄し、その哀しみに慟哭《どうこく》する……！

徳間文庫の好評既刊

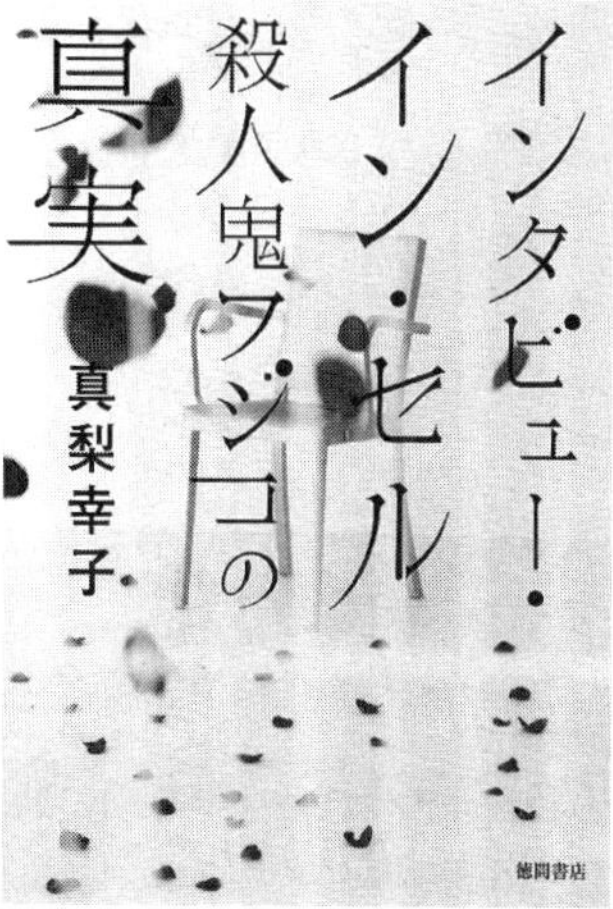

真梨幸子

インタビュー・イン・セル
殺人鬼フジコの真実

書下し

一本の電話に月刊グローブ編集部は騒然となった。男女数名を凄絶なリンチの末に殺した罪で起訴されるも無罪判決を勝ち取った下《しも》田《だ》健《けん》太《た》。その母・茂《しげ》子《こ》が独占取材に応じるという。茂子は稀代の殺人鬼として死刑になったフジコの育ての親でもあった。茂子のもとに向かう取材者たちを待ち受けていたものは。50万部突破のベストセラー『殺人鬼フジコの衝動』を超える衝撃と戦慄のラストシーン！

徳間文庫の好評既刊

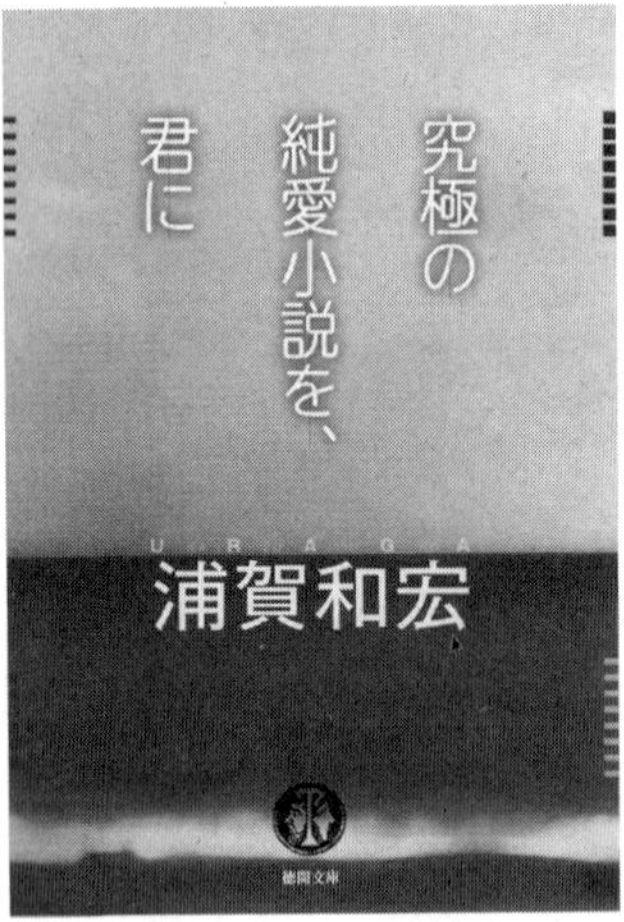

浦賀和宏

究極の純愛小説を、君に

書下し

富士樹海近くで合宿中の高校生文芸部員達が次々と殺されていく。いったい何故？　殺戮者の正体は？　この理不尽かつ不条理な事態から、密かに思いを寄せる少女・美優を守る！　部員の八木剛は決意するも、純愛ゆえの思いも空しく……!?　圧倒的リーダビリティのもと、物語は後半、予測不能の展開を見せる。失踪の調査対象〝八木剛〟を追う保険調査員琴美がたどり着いた驚愕の事実とは!?